COLLECTION
FOLIO CLASSIQUE

Marcel Proust

Le Mystérieux Correspondant

et autres nouvelles retrouvées

Textes transcrits, présentés et annotés
par Luc Fraisse
Professeur à l'Université de Strasbourg

Gallimard

PRÉFACE

« Qui dira le charme, le jaillissement des œuvres de jeunesse ? »

Jean-Yves Tadié[1]

Voici une série de nouvelles dont, avant leur publication aux Éditions de Fallois en 2019, personne n'avait jamais entendu parler[2]*. Nouvelles de jeunesse, elles furent composées par Proust à la même époque que* Les Plaisirs et les Jours, *publié en 1896 alors que l'auteur est âgé de vingt-cinq ans. Leurs manuscrits, à l'état de brouillon, Proust les a conservés par-devers lui dans ses archives, sans en*

1. Préface à *Jean Santeuil*, Paris, Gallimard, « Quarto », 2001, p. 7.

2. À l'exception de « Souvenir d'un capitaine » (voir p. 49). – En 1978, les éditions Gallimard publiaient en plaquette *L'Indifférent*, que l'éditeur de la correspondance de Proust, Philip Kolb, avait été conduit par les lettres à retrouver dans une revue de la fin du XIXe siècle où elle avait été oubliée, du moins par les lecteurs, car l'écrivain s'en souvenait parfaitement, au moment de composer bien plus tard « Un amour de Swann », la deuxième partie de *Du côté de chez Swann*, premier tome d'*À la recherche du temps perdu*.

parler à personne, du moins d'après l'ensemble des documents qui nous sont aujourd'hui connus. S'il les a tenues secrètes, il s'en souviendra en revanche pour écrire la Recherche[1]. *Elles en sont le laboratoire souterrain.*

Que contiennent donc ces nouvelles ? Pourquoi n'en avoir parlé à personne ? Et dans ces conditions, pourquoi même les avoir écrites ?

Si toutes les énigmes ne peuvent être définitivement levées, les sujets traités nous permettent d'élaborer des hypothèses. Presque tous ces textes abordent la question de l'homosexualité. Certains transposent la question qui habite Proust dans l'homosexualité féminine, comme il le fera dans la Recherche *avec la figure de Gomorrhe. D'autres l'évoquent sans transposition. Ces nouvelles trop parlantes, sans doute en ce temps trop scandaleuses, leur jeune auteur a choisi de les garder secrètes. Mais il avait éprouvé le besoin de les écrire. Elles constituent, presque lisibles à claire-voie, ce* journal intime *que l'écrivain n'a confié à personne.*

Ce qui pouvait faire scandale à l'époque de Proust, par rapport à son milieu familial, par rapport à sa société, c'est le fait même de l'homosexualité. Car ces nouvelles ne renferment rien de scabreux, qui susciterait le voyeurisme. Elles approfondissent, par des chemins extraordinairement variés, le problème psychologique et moral *de l'homosexualité. Elles exposent une psychologie essentiellement souffrante. Elles ne nous introduisent pas par effraction dans*

1. Voir « Aux sources de la *Recherche du temps perdu* », p. 83.

l'intimité de Proust : elles donnent à comprendre une expérience humaine.

Issues des archives constituées par Bernard de Fallois, disparu en janvier 2018, elles réclament un peu d'histoire, afin d'éclairer dans quel contexte Proust les a écrites ou ébauchées, puis définitivement soustraites au regard du public, et même de son entourage, et enfin pourquoi elles sont restées en attente de publication aussi longtemps.

*

Il fut un temps, aujourd'hui bien oublié, où si l'on jetait les yeux sur la destinée littéraire de Marcel Proust, on pensait que cet écrivain avait traversé une vie en somme coupée en deux : une jeunesse passée dans les salons, la fleur à la boutonnière ; puis une maturité consacrée à l'élaboration acharnée d'une grande œuvre dont il avait à peine eu le temps d'entrevoir au loin l'achèvement au moment de sa mort, en 1922, à cinquante et un ans.

*Marcel Proust, l'auteur d'*À la recherche du temps perdu, *ce monument de la littérature française, cette œuvre du patrimoine mondial : les contemporains l'avaient compris dès la publication échelonnée des derniers volumes, jusqu'à 1927. Mais on avait remis à plus tard l'évaluation de la circonférence du cycle romanesque, trop vaste et trop riche pour être assimilé tout de suite. Son auteur était mort à la tâche, au même âge que Balzac et un peu pour les mêmes raisons. N'avait-il pas assez inconsidérément attendu, sans presque rien écrire – comme d'ailleurs le héros de la* Recherche *jusqu'au* Temps retrouvé –, *le début de son déclin physique pour s'atteler à cette surhumaine entreprise littéraire ?*

Car Marcel Proust sans la Recherche, *en quoi cela aurait-il consisté ? Une œuvrette de jeunesse,* Les Plaisirs et les Jours, *publiée à la fin de l'autre siècle et invitant à tourner la page du* XXe *siècle pour voir d'un coup apparaître le génie littéraire de la grande œuvre. Des traductions de Ruskin, non dénuées de rapports avec le maître ouvrage qui allait suivre, car centrées sur les cathédrales, et sur la lecture. Mais rien de plus. Un livre disparate, un écrivain traducteur.*

Le vent commence à tourner au milieu exact du siècle. André Maurois publie aux éditions Hachette, en 1949, À la recherche de Marcel Proust, *qui donne à respirer l'atmosphère dans laquelle le romancier a évolué jusqu'à son grand œuvre. Le biographe puise dans la correspondance des déclarations suggérant que ce prétendu miraculé des lettres et de la dernière heure s'est de tout temps et constamment soucié d'écrire. Maurois rencontre un jeune agrégé, Bernard de Fallois, qui voudrait composer, si la Faculté de Paris voulait bien l'accepter, une thèse consacrée à Proust ; dans le sillage de ses propres recherches, il l'introduit chez la nièce de l'écrivain, Suzy Mante-Proust, dévouée comme son défunt père à la postérité de Marcel Proust.*

Avant même d'entrouvrir les archives familiales, et plus tard de fouiller les ressources des catalogues de vente, Bernard de Fallois est sceptique devant la possibilité, fût-elle communément admise, de composer d'un coup un monument de la littérature au sortir d'une jeunesse purement oisive. Déjà, les productions antérieures à la Recherche, loin de devoir être minimisées, suffisent à suggérer, quand on a le sens des orientations créatrices, une progression continue chez le Proust d'avant Proust, laissant supposer que l'habitué des salons ne ressemble pas du tout à Charles Swann, mais se livre à d'intenses questionnements sur ce qu'il pourrait écrire.

Sous ce jour, les écrits antérieurs à la Recherche, depuis Les Plaisirs et les Jours (1896) jusqu'à la traduction de La Bible d'Amiens (1904) et de Sésame et les lys (1906) de John Ruskin, loin d'apparaître comme les scories du grand œuvre, recèlent un foisonnement d'expérimentations littéraires. Ce sont des laboratoires, les textes y palpitent comme de la matière en fusion. Or, leurs dates sont trop espacées pour pouvoir imaginer que l'écrivain en herbe interrompe ses recherches, ses interrogations, remettant chaque fois à une autre année de les reprendre si l'occasion s'en présente. Entre ces réalisations connues, il y a du vide. Un vide certainement dû non à l'inaction du créateur, mais à nos ignorances.

C'est ici que les archives de la famille Proust (elles ne seront vendues et déposées à la Bibliothèque nationale de France qu'en 1962) font apparaître, sous les doigts de Bernard de Fallois, chercheur aux méthodes et à la persévérance d'un archiviste, des papiers inconnus, qui bientôt font nombre. Il exhume notamment un grand roman en pièces détachées, paradoxalement écrit à la troisième personne alors qu'il est si proche de la biographie de l'auteur. On peut en classer les liasses en suivant la chronologie de vie *du personnage qui donnera à l'ensemble son titre,* Jean Santeuil. *Ce grand roman reconstitué, publié chez Gallimard en 1952, est préfacé par André Maurois. Les lettres et papiers environnants montrent qu'il a été composé principalement entre 1895 et 1899. Loin de retomber dans l'inertie, Proust s'était donc attelé à un grand roman alors que le recueil* Les Plaisirs et les Jours *n'avait pas encore paru : tout de suite après, sans relâche, car le roman, tous papiers étiquetés et alignés, est fort volumineux, bien qu'inachevé.*

Voilà donc le pont entre Les Plaisirs et les Jours *et John Ruskin. Mais se présentent encore d'autres papiers, d'autres cahiers. Ils se placent au seuil de la* Recherche, *autour de 1908, et révèlent que ce cycle romanesque est né en même temps qu'un essai, polémique mais philosophiquement fort argumenté, tourné contre la méthode biographique de Sainte-Beuve. Proust songe parfois à détacher de ses brouillons cet essai, et à le publier à part. Mais la réalité desdits brouillons est tout autre : c'est un essai et un roman* en même temps.

Cet objet hybride gêne les classifications de la critique – mais non pas Bernard de Fallois. Il a déjà réinterprété Les Plaisirs et les Jours, *le livre mal aimé de Marcel Proust parce qu'il n'est pas la* Recherche, *et parce qu'il n'aurait d'unité que la reliure, comme un ensemble au contraire cohérent, certes riche et diversifié, mais où tout se tient, où tout est nécessaire, où tout prépare également la suite. Aussi le découvreur de nouveaux livres de Proust n'est-il pas embarrassé par cet essai de théorie littéraire tournant au roman, où la réfutation en règle de Sainte-Beuve se mêle aux considérations sur Balzac, présent dans la bibliothèque des Guermantes.*

Cet ensemble, Bernard de Fallois le met au jour en 1954, sous le titre, parfois suggéré par Proust dans ses lettres de l'époque, de Contre Sainte-Beuve. *Paradoxe, soulignera-t-il plus tard, de révéler ce pamphlet de Proust contre la critique biographique, au moment où le siècle commençait à se réintéresser à Proust sous l'angle de la biographie ! Moment parfaitement bien choisi au contraire, car durant les mêmes années, le règne de l'histoire littéraire, qui abordait les écrivains en les resituant par rapport à ce qui les entourait (leurs lectures, leurs milieux, les écoles littéraires, et bien évidemment toutes les circonstances de leur vie), amorce son déclin au profit d'une école qui demande une lecture des œuvres par elles-mêmes, pour leur structure interne. Quelle aubaine de recevoir la caution de Marcel Proust ! De l'essai qu'il a révélé au public, Bernard de Fallois retiendra la leçon principale. Dans ses* Sept conférences sur Marcel Proust, *il demande : La vie de Proust est-elle si intéressante que cela ? – et il répond que non.*

Le pionnier en recherches proustiennes poursuit sa tâche, censée aboutir à sa thèse. On devine que si l'Université l'agréait, le sujet en serait l'évolution créatrice de Proust *jusqu'à la* Recherche. *De cette thèse qui ne vit pas le jour – les deux publications majeures d'œuvres de Proust ouvrant à leur découvreur le monde de la grande édition –, deux parties avaient été entièrement rédigées, qui ont été lues par l'entourage intellectuel de Bernard de Fallois. Si la première partie est semble-t-il perdue, la deuxième constitue un essai entièrement autonome, que Les Belles Lettres publient sous le titre de* Proust avant Proust *(2019). Un essai savant, mais où la science est portée par une plume singulièrement alerte, comme devrait idéalement l'être une thèse, comme le sont celles qui deviennent des livres ensuite indémodables. Un essai dont la saisissante originalité, la nouveauté, ne s'est pas émoussée d'avoir été laissée en sommeil pendant deux générations avant d'être portée aujourd'hui à notre connaissance.*

Car l'entrée dans Les Plaisirs et les Jours *s'y nourrit de ces amples archives, dont le classificateur manie les nuances comme un jeu d'orgue. Comme Proust détracteur de Sainte-Beuve, et (paradoxe qu'il ne faut pas oublier) comme Sainte-Beuve en fait, il sait que la biographie de l'auteur ne doit pas être absente de la lecture de ses œuvres ; mais il doit s'agir d'une biographie intérieure, que les meilleurs contemporains de Proust appelaient* biographie psychologique, *si l'on sait apercevoir, dans la gratuité apparente des circonstances vécues, l'enrichissante perspective de structures en train de naître.*

C'est ce regard structurel que porte Bernard de Fallois sur les pièces, à première vue disparates, réunies dans Les Plaisirs et les Jours, *pour y apercevoir à rebours une même recherche, une même tentative littéraire – ce qu'on pourrait nommer, s'agissant d'un jeune écrivain, la* recherche de sa voix *–, recherche si difficile à mener qu'il faut prendre beaucoup de chemins différents pour parvenir à progresser vers un même but. Le critique d'ailleurs pousse la clairvoyance jusqu'à ne pas seulement* *identifier ce qui, dans les écrits de jeunesse, prépare de façon même lointaine la* Recherche du temps perdu, *mais à noter les postures d'écrivain qu'on ne reverra plus jamais dans la suite des écrits de Proust, parce que ce* jamais plus, *ce* une seule fois *renseignent grandement sur les conditions de réalisation du Proust parvenu à sa pleine maturité.*

Et comme l'essayiste pense ces structures à long terme en même temps qu'il répertorie et classe les archives, il rencontre, papillonnant autour des Plaisirs et les Jours, *des pages manuscrites non intégrées au recueil de 1896, non publiées dans les revues de l'époque, mais dont certaines apparaissent citées dans des tables des matières autographes qu'il a sous les yeux, en vue de ce livre que Proust nomme d'abord, en référence au manoir de Madeleine Lemaire dans la Marne, où plusieurs de ces textes furent composés en étroite collaboration avec Reynaldo Hahn,* Le Château de Réveillon, *et dont il déplace, ajoute ou retranche les pièces, un peu comme procédera Guillaume Apollinaire au moment de constituer en 1912 son recueil poétique* Alcools.

Ces textes en prose sur feuilles détachées sont des nouvelles. Écrites au même moment que celles des Plaisirs et les Jours, *elles entretiennent logiquement des rapports entre elles. Mais lues à part, ainsi qu'elles ont été finalement conservées par leur auteur, elles parlent aussi un langage spécifique, en tant que série de pièces inédites. Penser que ces nouvelles ont été écartées par Proust parce qu'il les aurait jugées manquer d'intérêt, c'est oublier le manuscrit original de la préface des* Plaisirs et les Jours*, qui contient cette indication : « Je sais que certaines ont choqué dans des revues, au point que j'ai dû retrancher celle à laquelle je tenais peut-être le plus*[1]*. » De quelle nouvelle pouvait-il s'agir ? D'« Avant la nuit », publié dans* La Revue blanche *en septembre 1893 ? De « L'Indifférent », retrouvé par Philip Kolb dans* La Vie contemporaine *en 1896 ? Du « Mystérieux correspondant », qui comme la précédente nouvelle resta assez longtemps dans les sommaires du recueil*[2] *?*

*

Les écrits laissés en marge ou de côté par Proust, cependant qu'il prépare son recueil Les Plaisirs et les Jours*, montrent que ledit recueil aurait pu constituer un livre beaucoup plus important. Mais si son jeune auteur avait inclus tous les textes que nous reproduisons ici, dans leur forme achevée qui n'a pas été réalisée, la mise en scène de l'homosexualité aurait constitué de proche en proche le sujet principal de l'œuvre. Proust ne l'a pas souhaité, sans doute en raison des révélations que cela aurait constitué sur lui-même (révélations qui n'en sont plus pour nous), peut-être parce que certains de ces textes répondaient plutôt au besoin d'être écrits pour soi*

1. Voir Bernard de Fallois, *Proust avant Proust. Essai sur « Les Plaisirs et les Jours »*, édition revue, annotée et présentée par Luc Fraisse, Paris, Les Belles Lettres, 2019, p. 87.

2. Une partie de l'essai de Bernard de Fallois traite de cette question spécifique (*ibid.*, p. 87-112). Elle a été prépubliée par Jean-Claude Casanova dans le n° 163 de la revue *Commentaire*, à l'automne 2018, sous le titre « Le secret et l'aveu ».

que publiés pour les autres, peut-être encore parce que l'écrivain souhaitait préserver une diversité plus délibérée au sein de son recueil ; sans doute enfin parce qu'il pouvait douter de la qualité, de la réussite littéraires des textes qu'il a finalement écartés.

Proust, jeune homme et jeune écrivain, aborde donc l'homosexualité sous l'angle de la souffrance et de la malédiction. Son époque ne peut entièrement être incriminée, car cette position est à l'opposé de celle de son exact contemporain André Gide, hédoniste et égotiste, qui n'entoure pas un tel aveu du tragique proustien, mais au contraire l'associe à un bonheur vitaliste. Il en résulte aussi une autre opposition : celle d'un Proust placé sous tension entre le secret et l'aveu, et élaborant tout un système diversifié de transpositions, et d'un Gide qui entend au contraire dire je, *si bien qu'il note dans son* Journal, *après une visite à Proust en 1921 : « Comme je lui dis quelques mots de mes Mémoires : "Vous pouvez tout raconter, s'écrie-t-il ; mais à condition de ne jamais dire : Je." Ce qui ne fait pas mon affaire*[1]. »

Proust ne dira donc jamais je *dans un tel contexte ; mais le récit à la première personne de « Souvenir d'un capitaine » est celui qui se rapproche le plus d'une énonciation directe et personnelle. On aperçoit comme jamais, dans ces nouvelles écartées, en train de s'élaborer, tout un dispositif de* projections, *de discours par procuration : le drame se jouera entre deux femmes (la narration se plaçant du côté de l'« innocente », mais de toute façon la*

1. André Gide, *Journal*, Paris, Gallimard, « Bibliothèque de la Pléiade », t. I (1887-1925), 1996, p. 1124.

« coupable » reste elle aussi innocente dans « Le mystérieux correspondant »), le drame crucial de l'adolescence se voyant transporté dans une fin de vie *prématurée, à la source d'une* apocalypse[1] *; la souffrance d'être condamné à ne pas être aimé de qui on aime se transporte dans un univers musical (« Après la 8e symphonie de Beethoven »), dans la situation d'une héroïne qui se sait perdue dans la maladie mais décide de vivre son agonie dans l'insouciance (« Pauline de S. »), ou s'extériorise dans un chat-écureuil qui accompagne le souffrant, chez lui et dans le monde, à l'insu de tous les autres (« La conscience de l'aimer »), après avoir été un résigné « Don des fées »…*

Mais la transposition, quand elle supporte une aussi lourde charge personnelle et affective, n'est pas facile. Le narrateur, auquel Proust délègue la conduite du récit, s'embrouille. On verra comment, dans le manuscrit du « Mystérieux correspondant », les rôles de Françoise et de Christiane sont confondus et interchangés ; le don des fées, qui est d'accepter la souffrance pour avoir reçu en échange tant de dispositions, est accueilli avec plus de résignation que de conviction ; l'animal secret, qui tiendra toute sa vie compagnie à celui qui sait ne devoir pas être aimé en retour, apporte au sujet une consolation qui n'efface pas l'échec. La contradiction n'est pas résolue.

La morale chrétienne, en l'occurrence catholique,

1. Au double sens de révélation de fin des temps pour le sujet et d'acte de dévoiler (inclus dans le verbe grec *apocaluptein*).

pèse sur ces interrogations comme elle ne le fera plus jamais aussi directement par la suite chez l'auteur. Ce que nous lisons des Plaisirs et les Jours, *tel que le recueil fut publié, réduit le souci religieux à un parfum superficiel de mysticisme auréolé de mélancolie décadente et fin-de-siècle. Or les nouvelles écartées se font plus insistantes. Au moment où se révèle le brûlant secret qui consume Christiane, Françoise se demande si accéder au désir de Christiane ne la sauverait pas. Son confesseur lui réplique que ce serait faire perdre à la mourante (qu'on lui a présentée comme* un *mourant) d'un coup le sacrifice de toute une vie pour répondre à un idéal de pureté. Les deux positions sont radicalement opposées : en valeur absolue, aucune des deux n'est invalidée.*

Le jeune écrivain auteur de ces nouvelles ne prononcera jamais plus, quand il sera devenu romancier, avec la même insistance ce memento mori *de la prédication classique. Il ne prendra plus directement à partie, sauf par images pour définir la création artistique, le Dieu créateur pour lui demander* pourquoi. *Ici le sujet souffrant, écarté du monde de l'amour, prononce un tout personnel « mon royaume n'est pas de ce monde » ; il se demande où trouver pour lui-même cette promesse de « paix sur la terre aux hommes de bonne volonté ». Le dialogue de morts « Aux Enfers » met à distance la proximité angoissante de toutes ces questions, mais la patine antique des Enfers n'efface pas la perspective de l'enfer et de la condamnation chrétienne, que l'un des protagonistes essaie de conjurer en nommant, comme on l'avait fait pour le péché originel,* felix culpa, *faute bienheureuse, la poésie et les poètes.*

Les personnages de médecin, à mi-chemin entre Adrien Proust, père de l'écrivain, et le futur docteur du Boulbon, personnage fictif de la Recherche, *prennent le relais pour ouvrir peut-être un chemin vers ce que Bergson, après la mort de Proust, appellera « les deux sources de la morale et de la religion ». Le médecin de Christiane, soulignant que sa patiente se meurt d'une consomption ne reposant sur aucune atteinte organique, anticipe de peu sur Freud en visite chez Charcot à la Salpêtrière et préparant ses* Études sur l'hystérie. *Le « Souvenir d'un capitaine » suggère le cas d'un sujet qui ignore, tout en la relatant, sa propre homosexualité, qui ne sera donc dans son récit nulle part nommée. « Après la 8e symphonie de Beethoven » donne à réfléchir sur le rapport entre la respiration de l'asthmatique et l'occupation de l'espace. Beaucoup d'objets et d'images symboliques peuplent ces nouvelles.*

*

Mais l'homosexualité vécue de l'intérieur, directement ou transposée, ne constitue pas, et de loin, l'unique sujet, l'unique enjeu de ces nouvelles. Nous y apercevons l'écrivain au moment où son entreprise littéraire, qui prendra progressivement forme en continuité jusqu'à la Recherche, *commence.*

Proust rédige ces nouvelles alors qu'il est étudiant en philosophie. La consolation de ne pas être aimé projetée dans un univers musical (« Après la 8e symphonie de Beethoven ») semble déjà nourrie par la métaphysique de la musique de Schopenhauer. Le capitaine, dans son laborieux souvenir, reprend la distinction élaborée par Fichte du moi et du non-moi[1]*, et son interrogation encore maladroite sur la recréation du passé dans la pensée – le passé ne se reforme que dans la mémoire – n'en est pas moins de grand avenir, tout comme la recherche d'une définition de l'*essence*. Ces souvenirs d'érudition philosophique sont déjà discrets, et le Narrateur de la* Recherche *saura les rendre méconnaissables dans sa prose, qui pourtant s'en nourrira encore.*

Comme on pourrait s'y attendre, certaines notations, même fugaces, n'en sont pas moins des actes de naissance d'épisodes entiers de la lointaine encore Recherche du temps perdu. *On verra surgir ici le rôle des lettres dans la résurrection des personnages, la médiation de Botticelli dans l'appréhension de l'être aimé, les deux vers de Vigny (dans « Aux Enfers ») qui serviront d'exergue à* Sodome et Gomorrhe, *peut-être aussi l'explication anticipée du froid salut de Saint-Loup à la fin de l'épisode de Doncières dans* Le Côté de Guermantes, *une première version de la grande controverse sur l'homosexualité entre Charlus et Brichot (ici Caylus et Renan dialoguant « aux Enfers ») dans* La Prisonnière, *mais encore ce à quoi répondra un jour la tirade du docteur du Boulbon dans* Le Côté de Guermantes *sur les pathologies des génies créateurs, une première version de la promenade solitaire au Bois*

1. L'idéalisme subjectif de Fichte pose que toute interprétation de la situation du sujet dans le monde doit partir de ce qui relève du moi, par opposition à tout le reste, le non-moi, qui commence là où le moi rencontre sa limite.

de Boulogne (dans « Jacques Lefelde »), qui servira un jour de clôture à Du côté de chez Swann, *et de l'épisode du « nouvel écrivain » dans* Le Côté de Guermantes, *avec l'étymologie de l'apostrophe « Arbres, vous n'avez plus rien à me dire » au cœur du* Temps retrouvé.

Passe cependant devant les yeux du lecteur l'anthologie littéraire des premières lectures prégnantes de l'écrivain débutant : la Phèdre *de Racine et la « Tristesse d'Olympio » de Victor Hugo, peut-être Stendhal dans « Jacques Lefelde » et Dumas père dans « Aux Enfers », beaucoup de l'univers d'Edgar Poe en filigrane, et dans ce voisinage des réminiscences de Gérard de Nerval ou des romans de Tolstoï, dont l'influence s'éloignera après* Jean Santeuil.

Car la conduite – inachevée – de ces nouvelles offre l'intérêt à long terme d'apercevoir l'écrivain en herbe expérimentant des formes littéraires qui ne seront pas celles de l'écrivain parvenu à sa maturité : le récit à suspens, le conte fantastique, le dialogue des morts. Plus précisément, il est intéressant de noter comment, empruntant les formes de la parabole, de l'apologue et du conte, le romancier non encore advenu en profite pour expérimenter à la fois pourquoi il ne reprendra pas ces formes, et les ressources qu'il peut en conserver.

C'est tout particulièrement le cas du roman mondain, dont la veine sous-jacente imprègne l'atmosphère de la Recherche du temps perdu, *et qui se constitue en rapides microcosmes dans plusieurs de ces nouvelles, notamment la rencontre amoureuse dans la bonne société, avec ses ressources mais surtout ses obstacles. Ce roman mondain à l'atmosphère concentrée permet l'économie des longues préparations de l'arsenal romanesque. Cet univers de visites, de maîtres d'hôtel, de villégiatures, de fiacres, sera celui de Swann. C'est l'univers que découvrira Proust dans le roman de son ami Georges de Lauris,* Ginette Chatenay, *lu sur manuscrit en 1908-1909, publié en 1910, qui met en scène une héroïne en train de lire* Les Plaisirs et les Jours. *La boucle est bouclée.*

Tant d'étapes d'apprentissage et d'expérimentations séparent le jeune rédacteur de ces nouvelles et le romancier de la Recherche *qu'on s'attendrait à ne rien trouver du grand romancier dans ce débutant. Bien au contraire : on peut souligner précisément tout ce qu'on y trouve déjà. Comme les toutes premières versions du futur clivage entre temps perdu et temps retrouvé, qui se nomment ici frivolité et profondeur, dispersion et intériorité, apparence et réalité. Ce clivage trouvera des formulations approfondies très bientôt dans* Jean Santeuil *– mais même alors, il ne sera pas pensé comme clivage structurant, et ce grand roman succédant aux petites nouvelles échouera de ne pas pouvoir bénéficier d'une idée qu'il exprime en clair dans son principe, sans encore songer à la mettre en application dans la construction d'une œuvre.*

Ces nouvelles appellent encore à naître le Narrateur de la Recherche *dans sa fonction de traverser les apparences – de reconnaître, dirait La Bruyère si présent dans la sphère des* Plaisirs et les Jours, *à travers l'homme qu'on voit l'homme qu'on ne voit pas (à quoi attribuer la gaîté d'une mourante, la consomption sans causes organiques d'une autre, le souvenir triste et angoissé d'un capitaine, les promenades solitaires et répétitives d'un écrivain à heure fixe au Bois ?).*

Dans l'univers en perpétuelle construction d'un auteur, les formules ont aussi leur histoire, c'est-à-dire leurs actes de naissance puis leur développement. Un jour lointain, la « griffe de l'authenticité » *condensera un passage célèbre du* Temps retrouvé[1]. *C'est dans une nouvelle non publiée de sa jeunesse que Proust a vu naître cette ressource sous sa plume.*

On croirait volontiers enfin que certaines de ces nouvelles n'ont pas abouti parce que leur auteur hésitait, sans parvenir à trancher, entre plusieurs possibilités. D'une phrase à l'autre, le capitaine se souvient très bien et ne parvient plus à se souvenir du brigadier qui, un jour ancien, l'avait tant ému. Ailleurs, on verra le dialogue direct et l'analyse seconde se disputer la matière du récit, sans qu'aucune de ces deux formes parvienne à l'emporter sur l'autre.

Hésitations fécondes. Car ces contradictions sont toutes provisoires. Nous qui pouvons aujourd'hui lire non seulement la Recherche du temps perdu, *mais les cahiers où le livre se prépare*[2], *nous savons que le romancier procédera ainsi, juxtaposant sur une même page une circonstance du récit et la circonstance contraire, parce qu'il veut expérimenter l'impact de chacune, ses implications, et l'analyse*

1. Voir la Notice du « Mystérieux correspondant », p. 152.
2. Cahiers 1 à 75 déposés à la Bibliothèque nationale de France (NAF 16641-16702, et NAF 18313-18325).

qu'elle pourra s'agréger. Les cahiers de La Fugitive *sont significatifs à ce sujet : on y lit qu'Albertine a connu – et n'a pas connu – Mlle Vinteuil et son amie ; qu'elle a eu – mais peut-être en fait non – des relations avec Andrée ; le héros ne tient nullement à savoir avec qui Gilberte remontait autrefois les Champs-Élysées – et pourtant il le lui demande. Le scénariste de la* Recherche, *qui soupèsera les potentialités de son récit, se cache déjà dans les contradictions de ces nouvelles inédites.*

*

Un problème moral se manifeste ici dans une atmosphère sombre. Pas seulement d'ailleurs : ces nouvelles disent l'émerveillement devant la beauté, l'épaisseur de vie que renferment le mystère, l'énigme à résoudre, et la richesse inaliénable que possède chacun, qui est l'exploration de son monde intérieur ; l'art y prépare, y accompagne, y parachève l'entreprise. Par quoi dès ses premiers écrits, Proust propose ce renversement que lira Albert Camus (le Camus de L'Homme révolté*) dans* Le Temps retrouvé *: une alternative au désespoir.*

Car même la malédiction et la souffrance se révèlent créatrices : ce sont elles qui mettent en place les situations et les personnages, qui approfondissent les interrogations, qui nécessitent des transpositions originales et toujours renouvelées et modulées. Ce jeune écrivain qui dit et retient son secret semble déjà pressentir que, dans son œuvre future, une Gilberte, une Albertine transparentes, rendant au centuple tout l'amour qu'on leur porte, ne cachant rien, disant tout, annihileraient la force analytique par laquelle s'imposera et triomphera le Narrateur de la Recherche. *Parce que, révélera-t-il alors, « les idées sont des succédanés des chagrins ».*

LUC FRAISSE

Note sur l'édition

Nous reproduisons dans ce volume une série de textes autographes issus des archives de Bernard de Fallois (dossiers 1.1 et 5.1 dans leur cote originelle) et utilisés par lui dans son enquête sur *Les Plaisirs et les Jours*, la rédaction de ces morceaux étant contemporaine de la constitution du recueil (certains ont un temps figuré dans le sommaire en projet).

Chaque nouvelle est accompagnée, dans le Dossier, d'une explication de sa constitution, et de remarques sur les nouveautés qu'elle présente et sur sa portée à plus long terme dans l'œuvre ultérieure de Proust.

Nous donnons ces textes en transcription simplifiée, mais accompagnés d'un relevé exhaustif des variantes : les manuscrits ayant une destination incertaine, et pouvant disparaître à la suite d'une vente publique, il paraissait souhaitable de sauvegarder tout ce qu'ils contiennent et révèlent tant que nous les avons eus entre les mains. On appelle *variantes* (abrégées en : var.) les formules abandonnées dans le manuscrit, interchangeables avec celle qui a été retenue ; et *ébauches* des lambeaux de phrases ne pouvant pas s'intégrer à la phrase finalement rédigée. Dans le relevé des variantes en fin de volume, les mots barrés et remplacés sont mis entre crochets.

Pour faciliter la compréhension, nous avons restitué entre crochets les mots omis par l'auteur. La ponctuation originale de Proust a été respectée.

Dans la rubrique « Aux sources de la *Recherche du temps perdu* », nous publions également des brouillons et esquisses de Proust issus du fonds de Bernard de Fallois, qui éclairent d'un jour nouveau l'écriture du futur chef-d'œuvre.

Bernard de Fallois avait exprimé formellement son souhait qu'après sa mort soient mis à la disposition des chercheurs l'ensemble des archives qu'il avait rassemblées dans le cadre de ses travaux personnels sur la genèse d'*À la recherche du temps perdu*. Il s'agissait notamment pour lui d'éviter que ces papiers soient dispersés dans quelque salle de vente, et de permettre une plus large connaissance de l'œuvre de Proust. C'est chose faite aujourd'hui. Ce fonds a été déposé à la Bibliothèque nationale de France en 2018.

*

Dans nos commentaires, nous renvoyons aux éditions suivantes de Proust :

À la recherche du temps perdu, édition réalisée sous la direction de Jean-Yves Tadié, Paris, Gallimard, « Bibliothèque de la Pléiade », 4 vol., 1987-1989.

Correspondance de Marcel Proust, édition de Philip Kolb, Paris, Plon, 21 vol., 1970-1993.

Les Plaisirs et les Jours, Jean Santeuil, édition de Pierre Clarac et Yves Sandre, Paris, Gallimard, « Bibliothèque de la Pléiade », 1971.

[Édition originale de *Jean Santeuil* par Bernard de Fallois, préface d'André Maurois, Paris, Gallimard, 3 vol., 1952.]

Contre Sainte-Beuve précédé de *Pastiches et Mélanges* et suivi de *Essais et articles*, édition de Pierre Clarac et Yves Sandre, Paris, Gallimard, « Bibliothèque de la Pléiade », 1971.

[Édition originale de *Contre Sainte-Beuve* suivi de *Nouveaux Mélanges*, selon un agencement différent, par Bernard de Fallois, Paris, Gallimard, 1954.]

Carnets, édition de Florence Callu et Antoine Compagnon, Paris, Gallimard, 2002.

L. F.

LE MYSTÉRIEUX CORRESPONDANT

ET AUTRES NOUVELLES RETROUVÉES

PAULINE DE S.

J'appris un jour que ma vieille amie Pauline de S.[a] atteinte depuis longtemps d'un cancer, ne passerait pas l'année et qu'elle s'en rendait si nettement compte que le médecin, incapable de[b] tromper sa forte intelligence, lui avait avoué la vérité[c]. Mais elle savait aussi que jusqu'au dernier mois[d] et sauf un accident imprévu et toujours possible elle garderait sa présence d'esprit et même une certaine activité physique[e]. Maintenant que je savais ses dernières illusions dissipées il m'était extrêmement pénible d'aller la voir. Je me décidai pourtant[f] un soir à y aller le lendemain. Ce soir-là[g] je ne pus m'endormir. Les choses m'apparaissaient maintenant comme elles devaient lui apparaître à elle-même, si près de la mort, à l'envers de ce qu'elles nous apparaissent habituellement. Les plaisirs, les divertissements, les vies[h], les travaux[1] particuliers même insignifiants, insipides, dérisoires, ridiculement, effroyablement petits et irréels. Les méditations sur la vie et sur l'âme, les profondeurs d'émotion des arts où nous nous sentons descendre au cœur même de notre être, la bonté, le pardon, la pitié, la charité, le repentir au premier plan, seuls réels. J'arrivai chez elle élargi[a], dans une de ces minutes où l'on ne sent en soi-même que l'âme[b], l'âme qui débordait, insoucieux du reste, prêt à pleurer. J'entrai. Elle était assise sur un fauteuil habituel près de la fenêtre[c] et son visage n'était pas empreint de la tristesse qu'il avait depuis quelques jours dans mon imagination[d]. L'amaigrissement, la pâleur maladive étaient purement physiques. Les traits avaient conservé leur expression railleuse[e]. Elle[f] tenait en main[g] un pamphlet politique[1h] qu'elle posa quand j'entrai. Nous causâmes une heure. La conversation brillante continuait comme par le passé à s'exercer aux dépens des différentes personnes qu'elle connaissait[i]. Une quinte de toux après laquelle elle cracha un peu de sang l'arrêta. Quand elle fut remise elle me dit : « Partez[j] cher ami, je tiens à ne pas être fatiguée ce soir car j'ai quelques personnes à dîner. Mais tâchons de nous voir ces jours-ci. Prenez donc une loge pour une matinée. Le théâtre le soir est trop fatigant pour moi. — Pour quel théâtre, lui demandai-je ? — Pour ce que vous voudrez mais surtout pas[k] de votre ennuyeux *Hamlet* ou d'*Antigone*, vous savez mes goûts, une pièce gaie, du Labiche si on en joue pour le moment ou sans cela une opérette. » Je partis stupéfait. De nouvelles visites m'apprirent que la lecture de[l] l'Évangile, et de *L'Imitation*[2], la musique et la poësie, les méditations, le repentir[m] des injures faites ou[n] le pardon des injures reçues, les entretiens avec des penseurs, des prêtres, des personnes chères ou d'anciens ennemis, ou les entretiens avec soi-même étaient absents de la demeure où elle finissait sa vie. Je ne parle pas de l'attendrissement physique sur soi-même qu'elle était trop peu nerveuse et trop dure pour éprouver[a]. Souvent je me demandais si ce n'était pas une attitude[b], un masque, si une partie[c] de sa vie qu'elle me[d] cachait n'était pas ce qu'elle aurait dû être. J'ai su depuis que non, qu'avec les autres et seule[e] même elle était comme avec moi comme *avant*. Il me semblait qu'il y avait là un endurcissement, une aberration unique. Ô insensé que j'étais, qui ai vu la mort de si près et qui ai pourtant repris ma vie frivole. De quoi m'étonnais-je que je n'aie sous les yeux sans cesse[f] ! Tous tant que nous sommes[g], le médecin ne nous a-t-il pas condamnés[h], ne le savons-nous pas et que nous[i] mourrons certainement. Pourtant en voit-on beaucoup qui[j] méditent sur la mort pour quitter dignement la vie.

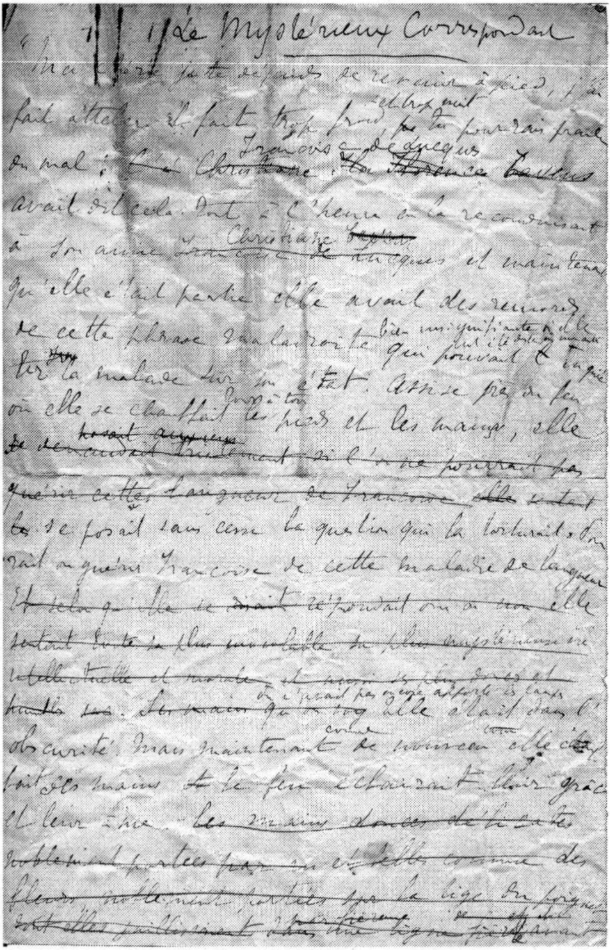
Le Mystérieux Correspondant

Ma chère je te défends de revenir à pied, j'ai fait atteler. Il fait trop froid tu pourrais prendre du mal ; Christiane avait dit cela tout à l'heure en la reconduisant à son amie ... et maintenant qu'elle était partie elle avait des remords de cette phrase maladroite bien insignifiante ... qui pouvait l'inquiéter sur son état. Assise près du feu où elle se chauffait les pieds et les mains, elle ...

« Le mystérieux correspondant »,
incipit du manuscrit autographe.

LE MYSTÉRIEUX CORRESPONDANT

« Ma chérie je te défends de revenir à pied, je vais faire atteler, il fait trop froid, tu pourrais prendre du mal. » Françoise de Lucques[a] avait dit cela tout à l'heure en la reconduisant à son amie Christiane[b] et maintenant qu'elle était partie elle avait des remords de cette phrase maladroite bien insignifiante si elle eût été dite à une autre[c] qui pouvait inquiéter la malade sur son état. Assise près du feu où elle se chauffait tour à tour[d] les pieds et les mains, elle[e] se posait sans cesse la question qui la torturait : Pourrait-on guérir Christiane[f] de cette maladie de langueur[g]. On n'avait pas encore apporté les lampes. Elle était dans l'obscurité. Mais maintenant comme de nouveau elle chauffait ses mains le feu éclairait leur grâce et leur âme[h]. En leur beauté[i] résignée de tristes exilées dans ce monde vulgaire on pouvait lire aussi clairement les émotions que dans un regard expressif. Habituellement distraites elles s'allongeaient avec une langueur douce. Mais ce soir au risque de froisser la tige délicate[j] qui les portait si noblement elles s'épanouissaient douloureusement[a] comme des fleurs tourmentées[b]. Et bientôt[c] des larmes[d] tombées de ses yeux dans l'obscurité apparurent une à une[e] au moment où elles touchaient les mains qui tendues contre la flamme étaient en pleine lumière. Un domestique entre, c'était le courrier, une seule lettre et d'une écriture compliquée que Françoise[f] ne connaissait pas[g]. (Malgré que[1] son mari aimât Christiane autant qu'elle et consolât tendrement Françoise de sa peine quand il la remarquait elle voulait ne pas l'inutilement attrister de la vue de ses larmes s'il rentrait brusquement[h] et voulait avoir eu le temps de s'essuyer les yeux dans[i] l'obscurité.) Aussi dit-elle d'apporter les lampes seulement dans cinq minutes et elle approcha la lettre du feu pour s'éclairer. Le feu jetait assez de flammes pour qu'en se penchant pour l'éclairer Françoise[j] pût distinguer les lettres et voici ce qu'elle lut.

Madame,

Il y a longtemps que je vous aime mais je ne puis ni vous le dire ni ne pas vous le dire[k]*. Pardonnez-moi. Vaguement tout ce qu'on m'a dit de votre vie intellectuelle, de l'unique distinction de votre âme m'a*[l] *persuadé qu'en vous seule je rencontrerais après une vie amère*[m] *la douceur, après une vie aventureuse la paix, après une vie d'incertitude et d'obscurité le chemin vers la lumière. Et vous avez été sans le savoir*[n] *ma compagne spirituelle. Mais cela ne me suffit plus. C'est votre corps que je veux et ne pouvant l'avoir, dans mon désespoir et ma frénésie j'écris pour me calmer cette lettre, comme on froisse un papier quand on attend, comme on écrit un nom sur l'écorce d'un arbre*[o]*, comme on crie un nom dans le vent ou sur la mer*[p]*.*

Pour relever avec ma bouche[a] le coin de vos lèvres, je donnerais ma vie[b]. La pensée que ce pourrait être possible[c] et que c'est impossible me brûlent également. Quand vous recevrez des lettres de moi, vous saurez que je suis dans un moment où ce désir m'affole[d]. Vous êtes si gentille, ayez pitié de moi, je me meurs de ne pas vous posséder.

Françoise[e] venait de finir cette lettre quand le domestique entra avec les lampes, donnant pour ainsi dire la sanction de la réalité à la lettre qu'elle avait lue comme dans un rêve, à la lueur mobile et incertaine des flammes. Maintenant la lumière douce mais sûre et franche des lampes[f] faisait sortir[g] de la pénombre intermédiaire entre les faits[h] de ce monde et les rêves de l'autre, notre monde intérieur, lui donnait comme la griffe de l'authenticité selon la matière et selon la vie[i]. Françoise[j] voulut d'abord montrer cette lettre à son mari[k]. Mais elle pensa qu'il était plus généreux[l] de lui épargner cette inquiétude et qu'elle devait au moins à l'inconnu à qui elle ne pouvait rien donner d'autre le silence, en attendant l'oubli[m]. Mais le lendemain matin elle reçut une lettre[n] de la même écriture contournée avec ces mots : « Ce soir à 9 h je serai chez vous[o]. Je veux au moins vous voir. » Alors Françoise[p] eut peur. Christiane[q] devait partir le lendemain pour aller passer quinze jours dans une campagne où l'air plus vif pouvait lui faire du bien. Elle écrivit à Christiane[r] en la priant de venir dîner avec elle son mari sortant justement ce soir-là. Elle recommanda aux domestiques de ne laisser entrer personne d'autre et fit fermer solidement tous les volets[a]. Elle ne raconte rien à Christiane[b] mais à 9 h lui dit qu'elle avait la migraine[c] la priant d'aller dans le salon à la porte qui commandait l'entrée de sa chambre et de ne laisser personne entrer. Elle se mit à genoux dans sa chambre et pria. À 9 h un quart se sentant défaillir elle alla dans la salle à manger pour chercher un peu de rhum. Sur la table il y avait un grand papier blanc avec en lettres d'imprimerie[d] ces mots : « Pourquoi ne voulez-vous pas me voir. Je vous aimerais si bien. Vous regretterez un jour les heures que je vous aurais fait passer. Je vous en supplie[e]. Permettez que je vous voie mais[f] si vous l'ordonnez je m'en irai immédiatement[g]. » Françoise [fut] épouvantée. Elle pensa dire aux domestiques de venir avec des armes. Elle eut honte de cette idée et pensant qu'il n'y avait pas, pour avoir prise sur l'inconnu, plus efficace autorité que la sienne elle écrivit en bas[h] du papier : « Partez immédiatement je vous l'ordonne. » Et elle se précipita[i] dans sa chambre, se jeta sur son prie-Dieu et ne pensant à rien d'autre elle pria la Sainte Vierge[j], avec ferveur. Au[k] bout d'une demi-heure elle alla chercher Christiane[l] qui lisait sur sa demande au salon. Elle voulait boire un peu et lui demanda de l'accompagner dans la salle à manger. Elle entra en tremblant soutenue par Christiane [et] défaillit presque en ouvrant la porte puis s'avança à pas lents, presque mourante. À chaque pas il ne semblait pas qu'elle eût la force d'en faire un de plus et qu'elle allait défaillir[m] là. Tout à coup elle dut étouffer un cri. Sur la table un nouveau papier où elle lisait : « J'ai obéi. Je ne reviendrai plus. Vous ne me reverrez jamais[a]. » Heureusement Christiane[b], tout occupée du malaise[c] de son amie, n'avait pu le voir et Françoise[d] eut le temps de le prendre vite mais d'un air indifférent et de le mettre dans sa poche[e]. « Il faut que tu rentres de bonne heure, dit-elle bientôt à Christiane[f], puisque tu pars demain matin[g]. Adieu ma chérie. Je ne pourrai peut-être pas aller te voir[h] demain matin[i] si tu ne me vois pas c'est que j'aurai dormi tard pour guérir ma migraine. » (Le médecin avait défendu les adieux pour éviter une trop vive émotion à Christiane[j]). Mais Christiane[k] consciente de son état[l] comprenait bien[m] pourquoi Françoise n'osait pas venir[n] [et pourquoi] on avait défendu ces adieux et elle pleurait en disant adieu à Françoise qui surmonta son chagrin jusqu'au bout et resta calme pour rassurer Christiane[o]. Françoise[p] ne dormit pas. Dans le dernier mot de l'inconnu les mots : Vous ne me reverrez plus l'inquiétaient plus que tout. Puisqu'il disait revoir, elle l'avait donc vue[1q]. Elle fit examiner les fenêtres : pas un volet n'avait bougé[r]. Il n'avait pu entrer par là. Il avait donc corrompu[s] le concierge de l'hôtel. Elle voulut le renvoyer, puis incertaine attendit[t].

Le lendemain le médecin de Christiane à qui Françoise avait demandé sitôt le départ de celle-ci de lui donner de ses nouvelles vint la voir[u]. Il ne lui cacha pas que l'état de son amie sans être irrémédiablement compromis pouvait subitement devenir désespéré et qu'il ne voyait pas de traitement précis à lui faire suivre. « Ah c'est un grand malheur qu'elle ne se soit pas mariée, dit-il[1a]. Cette vie nouvelle pourrait seule avoir sur son état de langueur une influence salutaire[b]. Des plaisirs aussi nouveaux pourraient seuls modifier un état aussi profond. — Se marier, s'écria Françoise[c] mais qui voudrait l'épouser maintenant qu'elle est si malade. — Qu'elle prenne un amant, dit le docteur. Elle l'épousera s'il la guérit. — Ne dites pas d'horreurs pareilles docteur, s'écria Françoise[d]. — Je ne dis pas d'horreurs, répondit tristement le médecin. Quand une femme est dans un état pareil et qu'elle est vierge, une vie absolument différente[e] peut seule la sauver. Je ne crois pas qu'on doive, à[f] ces moments suprêmes, s'inquiéter des convenances et hésiter. Mais je reviendrai vous voir demain, je suis trop pressé aujourd'hui, et nous en reparlerons[g]. »

Restée seule Françoise songea quelques instants aux paroles du médecin mais bien vite involontairement se reprit à songer au mystérieux correspondant qui avait été si adroitement audacieux, si brave[h] quand il s'était agi de la voir et quand il avait fallu lui obéir si humblement renonçant, si doux. L'idée de l'extraordinaire décision qu'il lui avait fallu pour tenter ce coup par amour pour elle, la transportait. Déjà elle s'était plusieurs fois[i] demandé qui il pouvait être et maintenant elle s'imaginait que c'était un militaire. Elle[2] les avait toujours aimés et d'anciennes ardeurs, des flammes à qui sa vertu avait refusé leur aliment, mais qui avaient embrasé ses rêves et fait passer parfois d'étranges reflets dans ses yeux chastes, se rallumaient. Autrefois elle avait souvent souhaité d'être aimée d'un de ces soldats dont le ceinturon est long à défaire, dragons[a] qui le soir au coin des rues laissent derrière eux[b] traîner leur sabre en détournant la tête et quand on les serre de trop près sur un canapé risquent de vous piquer les jambes avec leurs grands éperons, qui tous cachent sous une trop rude étoffe pour qu'on le sente facilement battre un cœur insouciant, aventureux et doux.

Bientôt[c] comme un vent mouillé de pluie effeuille, détache, disperse, pourrit les plus embaumantes fleurs, le chagrin de sentir son amie perdue noya sous une ondée de larmes toutes ces voluptueuses[d] pensées. La face de nos âmes change aussi souvent que la face du ciel. Nos pauvres vies[e] flottent[f] désemparées entre les courants[g] de la volupté où elles n'osent pas rester et le port de la vertu qu'elles n'ont la force d'atteindre[1].

Une dépêche arriva. Christiane était plus mal. Françoise partit, arriva le lendemain[h] à Cannes. À la villa louée par Christiane le médecin ne permit pas que Françoise la vît. Elle était trop faible pour le moment. « Madame, dit enfin le médecin, je ne voudrais rien vous révéler[i] de la vie de votre amie, que j'ignore d'ailleurs entièrement. Mais je crois devoir vous raconter un fait qui pourrait peut-être à vous qui la connaissez mieux que moi faire deviner le secret douloureux qui semble oppresser ses dernières heures et par là lui apporter un apaisement[j], qui sait un remède peut-être[k]. Elle demande sans cesse une petite boîte, fait sortir tout le monde et a avec elle de longs tête-à-tête, qui se terminent toujours par une sorte de crise de nerfs. La boîte est là je n'ai pas osé l'ouvrir. Mais étant donné l'état d'extrême faiblesse de la malade qui peut à tout moment devenir d'une grande et immédiate gravité, je crois qu'il serait peut-être de votre devoir de voir ce qu'il y a dedans. Ainsi pourrons-nous savoir si c'est de la morphine. Il n'y a pas de piqûres sur le corps mais elle pourrait en avaler. Nous ne pouvons pas refuser de lui donner cette boîte, son émotion quand on résiste est telle qu'elle deviendrait vite dangereuse et peut-être fatale. Mais nous aurions grand intérêt à savoir ce qu'on lui apporte ainsi à tout instant. »

Françoise[a] réfléchit quelques instants. Christiane ne lui avait confié aucun secret de cœur et certes elle l'eût fait si elle en avait eu. C'était certainement de la morphine ou quelque poison analogue, l'intérêt pour le médecin de savoir[b] était pressant, immédiat. Avec une légère émotion elle ouvrit[c], ne vit rien d'abord, déplia un papier, demeura une seconde hébétée, poussa un cri et tomba. Le médecin se précipita sur elle, elle n'était qu'évanouie. Près d'elle la boîte qui avait échappé de ses mains gisait et à côté le papier qui en était tombé. Le médecin lut dessus : « Allez-vous-en, je vous l'ordonne. » Françoise revint vite à elle, eut tout d'un coup une contraction douloureuse et violente puis d'une voix comme[d] calmée dit au médecin : « Figurez-vous que j'ai cru voir du laudanum, dans mon émotion. Je suis folle[e]. Croyez-vous demanda Françoise que Christiane puisse être sauvée. — Oui et non, répondit le médecin. Si l'on pouvait suspendre cet état de langueur, comme elle n'a pas d'organe atteint elle pourrait se rétablir complètement. Mais on ne peut pas prévoir que rien puisse l'arrêter. Il est malheureux que nous ne puissions pas savoir le chagrin probablement d'amour dont[a] elle souffre. S'il était au pouvoir d'une personne actuellement vivante de la consoler et de la guérir, je pense, [elle] accomplirait[b] dût-il lui coûter ce devoir de stricte charité. »

Françoise fit porter immédiatement une dépêche. Elle demandait par le prochain train son directeur. Christiane passa la journée et la nuit dans une presque complète somnolence[c]. On lui avait caché l'arrivée de Françoise. Le lendemain matin elle se trouva si mal, était si agitée, que le médecin après l'avoir préparée[d] fit entrer Françoise. Françoise s'approcha, lui demanda[e] de ses nouvelles pour ne pas l'effrayer, s'assit près de son lit et gentiment la consolait avec des paroles ingénieuses et tendres. « Je suis si faible, dit Christiane, approche ton front, je veux t'embrasser. » Françoise instinctivement s'était reculée et heureusement Christiane ne l'avait pas vu. Vite elle se domina, la baisa tendrement et longuement[f] sur les joues. Christiane parut mieux, plus animée, voulut manger. Mais on vint dire un mot[g] à l'oreille de Françoise. Son directeur, l'abbé de Tresves[1h], venait d'arriver. Elle alla causer avec lui dans une chambre voisine, adroitement, sans rien lui laisser deviner. « Abbé, si un homme se mourait d'amour pour une femme, qui appartient à une autre[2] et qu'il aurait eu la vertu de ne pas chercher à séduire, si l'amour de cette femme pouvait seul le sauver d'une mort prochaine et certaine, serait-elle excusable de le lui offrir, dit bientôt Françoise. — Comment ne vous êtes-vous pas répondu à vous-même[a], dit[b] l'abbé. Ce serait, profitant de la faiblesse d'un malade, souiller, ruiner, empêcher, anéantir le sacrifice de sa vie qu'il a faite à la bonne volonté de son cœur et à la pureté de celle qu'il aimait. C'est une belle mort et agir comme vous dites ce serait fermer le royaume de Dieu à celui qui l'a mérité en triomphant si noblement de sa passion. Ce serait surtout[c] pour l'amie trop pitoyable la déchéance d'y rejoindre un jour celui qui sans elle, eût chéri son honneur au-delà de la mort et au-delà de l'amour. »

On vint appeler Françoise et l'abbé, Christiane se mourait, demandait la confession et l'absolution. Le lendemain Christiane était morte. Françoise ne reçut plus jamais de lettres de l'Inconnu.

*[1]

Certes avant de s'être décidée pour la vertu[d], à l'âge des incertitudes, elle avait un goût très vif pour les militaires. Elle aimait les artilleurs dont il faut longtemps – ah ! si longtemps – pour déboucler le ceinturon, les dragons qui dans la rue le soir[e] laissent traîner leur sabre en détournant la tête, et qui sur un canapé quand on les serre de trop près risquent de vous piquer les jambes avec leurs grands éperons, tous enfin lanciers, cuirassiers, chasseurs qui tous sous une étoffe trop épaisse pour qu'on le sente facilement battre[a] cachent un cœur insouciant, aventureux, pur et doux. Puis[b] l'épouvante que ses parents en l'apprenant, se désespèrent, le désir de garder dans le monde la bonne position qu'elle y occupait[c], plus que tout la noblesse indécise de son caractère[d] qui l'eût empêché [*sic*] aussi bien de renoncer à une[e] aventure imposée par hasard que de tenter une aventure seulement[f] offerte conservèrent intacte sa virginité. Elle s'était mariée, était devenue veuve au bout de deux ans. Maintenant les sens prenaient leur revanche[g] non pas directement[h], mais traîtreusement en affaiblissant sa pensée, en corrompant son imagination[i], en mettant sur toutes ses idées les plus désintéressées un velouté séduisant et décevant, en parfumant d'une odeur d'amour les choses les plus austères, en jetant en elle assez de flammes pour faire luire des mirages de désir dans le désert de son cœur – et[j] par[k] cette lente dégradation de sa volonté[l] lui faisaient éprouver à sa moralité des pertes plus coûteuses que[m] s'ils lui avaient fait éprouver une défaite en apparence plus sérieuse, sur le champ de bataille de la conduite. L'extrême culture artistique, littéraire et musicale à l'aide de laquelle elle avait affiné[n][,] jusqu'à la volupté la plus douloureuse, une rare distinction naturelle[o] d'esprit, pendant les longs loisirs que laisse un veuvage vertueux[,] avait groupé, harmonisé, accru toutes ses tendances. C'étaient toutes ses forces, toutes ses énergies, toute sa valeur. Lentement tout cela était en train de passer à l'ennemi. Ce fut alors que, à la suite de la petite guerre que nous eûmes avec les Iriates, un capitaine[a] de vingt-trois ans, Honoré[1b], fut en trois années commandant, colonel, général en chef[c]. Il[d] n'avait jamais consenti à faire faire sa photographie, mais les revues et quelques portraits de maîtres[e] avaient rendu populaire sans arriver à la rendre banale sa mystérieuse beauté ! Le sourire languissant de ses lèvres rouges[f] qui se mordaient nonchalamment comme on mâchonne une fleur, la perfection[g] absolue de ses traits, la tristesse, les clartés et les ombres, la douce autorité de son regard verdâtre[h], ses cheveux courts sur les côtés mais sous le képi abondants, brillants et légers comme des cheveux d'enfant, la finesse de sa taille aux hanches accusées, la grâce[i] inimitable, abstraite et significative comme celle d'un Botticelli[2], d'une [*lacune*] aussi élégante[j] que celle de Brummel[3] et aussi sensuellement enivrante que celle d'une courtisane, tout cela mêlait en lui[k] une perfection plastique si voluptueuse et une si captivante puissance qu'elles semblaient avant lui ennemies. La pensée habituellement cerne admirablement les yeux, creuse des profondeurs dans le regard, mais flétrit le teint, courbe la taille. Le général de Notlains avait échappé à ces lois[l]. Avant de le voir elle voulait l'aimer, elle le vit, elle l'aima[4], et à force de penser à lui lui avait donné son imagination et sans trop la préciser pour ne pas dissiper son prestigieux mystère une parfaite [*interrompu*]

SOUVENIR D'UN CAPITAINE

J'étais revenu passer un jour en cette petite ville de L. où je fus un an lieutenant, et où fiévreusement je voulus tout revoir[1], les lieux que l'amour[a] m'y [a] rendu incapable de resonger sans un grand frisson triste, et les lieux[b], si humbles pourtant, comme les murs de la caserne et notre jardinet, parés seulement des grâces diverses que la lumière porte avec elle selon l'heure, l'humeur du temps et la saison[2]. Ces lieux-là[c] restent à jamais dans le petit monde de mes imaginations[d] revêtus d'une grande douceur, d'une grande beauté. Quand même je serais resté des mois sans y penser, tout à coup je les aperçois, comme au détour d'un chemin[3] montant on aperçoit un village, une église, un petit bois[e], dans la chantante lumière du soir. Cour de caserne, jardinet où l'été mes amis[f] et moi nous dînions[g], le souvenir sans doute peint avec cette fraîcheur délicieuse, comme ferait l'enchanteresse lumière du matin ou du soir. Chaque petit détail est là tout éclairé et me paraît beau. Je vous vois comme de la colline. Vous êtes un petit monde qui se suffit, qui existe hors de moi,

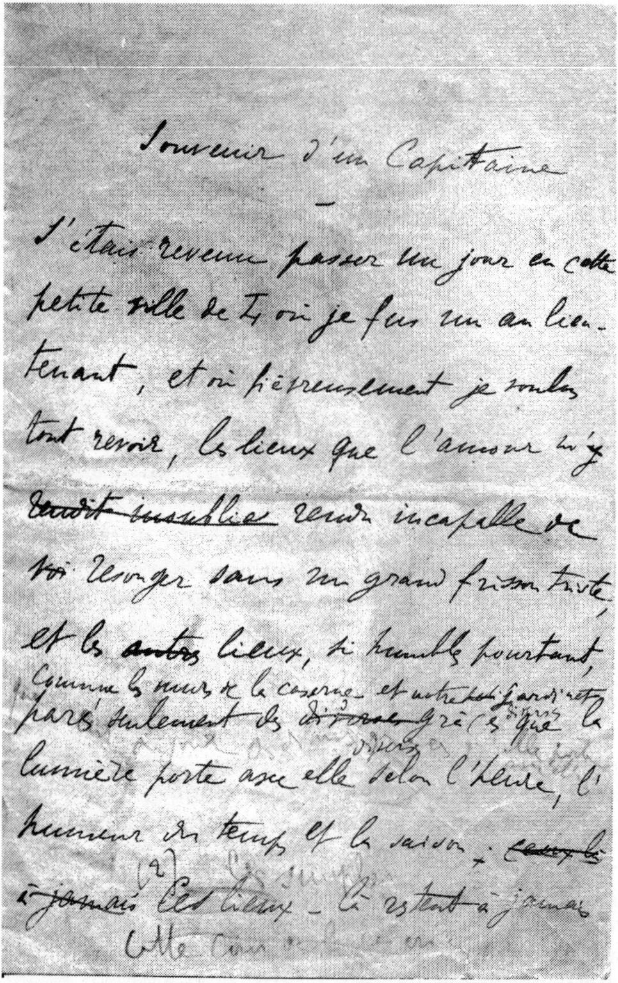

Souvenir d'un Capitaine

–

J'étais revenu passer un jour en cette petite ville de L. où je fus un an lieutenant, et où fiévreusement je voulus tout revoir, les lieux que l'amour m'y rendit incapable de songer sans un grand frisson triste, et les lieux, si humbles pourtant, comme les murs de la caserne et notre petit jardinet, parés seulement des grâces diverses que la lumière porte avec elle selon l'heure, l'humeur du temps et la saison.

« Souvenir d'un capitaine »,
incipit du manuscrit autographe.

qui a sa douce beauté, dans sa claire lumière si inattendue. Et mon cœur, mon cœur gai d'alors, triste pour moi maintenant et pourtant s'égayant, car il[a] ravit un moment l'autre, le malade et stérile d'aujourd'hui[b], mon gai cœur d'alors est dans ce jardinet ensoleillé[c], dans la cour de la caserne[d] lointaine et pourtant[e] si près, si étrangement près de moi, si en moi, et pourtant si hors de moi, si impossible à plus jamais atteindre. Il y est dans la petite ville de lumière chantante et j'entends[f] un clair bruit de cloches qui emplit les rues pleines de soleil.

Donc j'étais revenu[g] à passer un jour dans cette petite ville de L... Et j'avais eu moins vif que je ne le craignais le chagrin de la retrouver moins[h] que je ne la retrouvais par moment dans mon cœur, où je la retrouvais partout déjà trop peu, ce qui était vraiment triste, et par minutes, désespérant... Nous avons tant d'occasions fécondes de nous désespérer, que la paresse et comme un petit génie d'inconscience et de « non-pensée » nous fait perdre. – Donc j'avais retrouvé de grandes mélancolies auprès des hommes et dans les choses de là-bas. Et puis aussi de grandes gaîtés[i] que je pourrais à peine expliquer et que 2 ou 3 amis seulement peuvent partager parce qu'ils ont vécu si complètement ma vie dans ce temps-là. Mais voici ce que je veux raconter. Avant d'aller dîner, pour prendre le train tout de suite après, j'étais allé[j] donner un ordre de me renvoyer des livres oubliés à mon ancien ordonnance changé de corps[k], affecté à l'autre régiment de la ville, caserné à l'autre extrémité de la ville. Je le rencontrai dans la rue à cette heure presque déserte[a] ; devant la petite porte de la caserne de son nouveau régiment et nous causâmes dix minutes là dans la rue, tout illuminée par le soir, avec[b] pour seul témoin le brigadier de garde qui lisait un journal assis sur une borne, contre[c] la petite porte[d]. Je ne revois plus très nettement[e] sa figure[f], mais il était très grand, un peu mince avec quelque chose de délicieusement fin et doux dans les yeux et dans la bouche. Il exerça sur moi une séduction tout à fait mystérieuse[g] et je me mis à faire attention à mes paroles et à mes gestes, essayant de lui plaire et de dire des choses un peu admirables, soit par le sens délicat, soit par beaucoup de bonté ou de fierté. J'ai oublié de dire que je n'étais pas en uniforme[h], et que j'étais dans un phaéton[1i] que j'avais arrêté pour causer avec mon ordonnance. Mais le brigadier de garde n'avait pas pu ne pas reconnaître le phaéton du Comte de C. un de mes anciens camarades de promotion[j] au grade de lieutenant, qui l'avait mis à ma disposition pour la journée. Mon[k] ancien ordonnance en outre[l] terminant chaque réponse par : mon Capitaine, le brigadier savait parfaitement[m] mon grade[n]. Mais l'usage n'est point[o] qu'un soldat rende les honneurs aux officiers en civil, à moins qu'ils n'appartiennent[p] à son régiment.

Je sentis que le brigadier m'écoutait, et il avait levé sur nous d'exquis[q] yeux calmes, qu'il baissa vers son journal quand je le regardai. Passionnément désireux (pourquoi ?) qu'il me regardât je mis mon monocle et affectai de regarder partout, évitant de regarder dans sa direction.

L'heure avançait, il fallait partir. Je ne pouvais plus prolonger l'entretien avec mon ordonnance. Je lui dis au revoir avec[a] une amitié tempérée tout exprès de fierté à cause du brigadier et regardant une seconde le brigadier qui rassis sur sa borne tenait levés vers nous ses exquis yeux calmes, je [le] saluai du chapeau et de la tête[b], en lui souriant un peu. Il se leva tout debout et tint sans plus la laisser retomber, comme on fait au bout d'une seconde pour le salut militaire, sa main droite ouverte contre la visière[c] de son képi, me regardant fixement, comme c'est le règlement, avec un trouble extraordinaire. Alors tout en faisant partir mon cheval je le saluai tout à fait et c'était comme déjà à un ancien ami que je lui disais dans mon regard et dans mon sourire des choses infiniment affectueuses. Et oubliant la réalité, par cet enchantement mystérieux des regards qui sont comme des âmes et nous transportent dans leur mystique royaume où toutes les impossibilités sont abolies, je restai nu-tête déjà emporté assez loin par le[d] cheval[e] la tête tournée vers lui jusqu'à ce que je ne le vis[se] plus du tout. Lui saluait toujours et vraiment deux regards d'amitié, comme en dehors du temps et de l'espace, d'amitié déjà confiante et reposée, s'étaient croisés.

Je dînai tristement, et restai deux jours vraiment angoissé, avec dans mes rêves cette figure qui tout à coup m'apparaissait, me secouant de frissons. Naturellement je ne l'ai jamais revu et je ne le reverrai jamais. Mais d'ailleurs maintenant vous voyez je ne me rappelle plus très bien la figure, et cela m'apparaît seulement comme très doux dans cette place toute chaude et blonde de la lumière du soir, un peu triste pourtant, à cause de son mystère et de son inachèvement.

JACQUES LEFELDE
(L'ÉTRANGER)

Je ne rencontrais[a] plus jamais Jacques Lefelde depuis que j'avais quitté pour Passy le Pont des Arts où il habite encore[b] [*sic*]. À la fin du mois d'août[c] dernier comme je traversais le bois de Boulogne[d] pour rentrer chez moi vers 9 heures du soir j'aperçus Jacques Lefelde qui[e] se dirigeait vers le Grand Lac, il m'aperçut et détourna immédiatement la tête et pressa le pas. Bientôt je l'aperçus. Vous qui avez lu ses « essais »[f], vous savez[g] l'esprit profond, l'imagination unique[h] de Jacques Lefelde. Mais si vous ne connaissez pas l'affectueuse douceur de son caractère vous ne comprendrez pas comment j'écartai à l'instant toute idée qu'il pût être fâché contre moi et je supposai seulement qu'il allait à quelque rendez-vous. Les journées suivantes furent belles, je continuai à rentrer chez moi à pied. Tous les jours je rencontrai Jacques Lefelde, tous les jours il m'évita. Au tournant de l'allée de la Reine Marguerite[1] je l'apercevais de nouveau qui marchait lentement en long et en large, comme s'il attendait quelqu'un il regardait de tous côtés, parfois levait la tête vers le ciel comme un amoureux. Le quatrième jour je déjeunai chez Foyat[a] avec un ami de Jacques qui me raconta que depuis sa rupture avec la petite danseuse Gygi, rupture au moment de laquelle il avait essayé de se tuer, Jacques avait à tout jamais renoncé aux femmes. Vous comprenez que je souris. Les jours qui suivirent je ne le rencontrai pas. Un des matins suivants je lis dans *Le Gaulois*[1] : « Notre jeune et célèbre écrivain M.[b] Jacques Lefelde part demain pour la Bretagne où il restera plusieurs mois[c]. » Ce jour-là je le rencontrai près de la gare Saint-Lazare. Je ne devais pas le revoir avant octobre sans doute, je l'arrêtai. « Je vous demande pardon dit-il mais je pars ce soir à 9 heures et je veux avant de revenir dîner aller jusqu'au Bois de Boulogne et je vais vite prendre le train de ceinture… » Je n'étais pas étonné mais je lui dis : « Vous iriez plus vite en fiacre. — Hélas, dit-il, je n'ai plus que vingt sous sur moi[d]. » Je ne voulais pas être indiscret mais je lui dis : « Je pourrais vous conduire en voiture, je vous laisserai où vous voudrez. — Hé bien j'accepte, dit-il d'un air joyeux et embarrassé. Mais n'est-ce pas vous me laisserez à l'entrée du lac, car j'ai besoin d'être seul. » À l'entrée du lac il descendit et je m'éloignai en voiture ; mais je ne pus résister au désir d'apercevoir de l'allée parallèle celle à qui mon ami venait faire ses adieux. Le temps passait, je ne la voyais pas venir ; Jacques se promenait le long de l'eau, la tête baissée sur l'eau et tantôt les levant [*sic*] vers une futaie et les ramenant vers l'eau. Tantôt il marchait vite, tantôt ralentissait ses pas, au bout d'une ½ heure je le vis revenir, mais non point déçu comme un amant qui a vainement attendu[a], mais la tête haute, la démarche rapide, l'air glorieux. Je n'y comprenais rien, y rêvai puis n'y pensai plus. L'année dernière mon ami L. qui nommé [*conjectural*] ministre à XXX vint passer un mois à Paris dans l'hôtel qui est au coin du jardin du Luxembourg, j'allais voir tous les jours chez lui, quand un après-midi en le quittant je rencontrai Jacques Lefelde que je n'avais pas revu et qui paraissait fâché de me rencontrer. Il me quitta rapidement. Je rentrai mécontent. Le lendemain à la même heure je le retrouvai. Il voulut m'éviter, je l'arrêtai. La pluie qui menaçait depuis longtemps commença à tomber assez fort, nous entrâmes au Musée du Luxembourg[1] pour nous abriter[b]. « Je ne vous ai pas revu, lui dis-je, depuis le jour où j'ai eu le plaisir d'aller avec vous au Bois, lui dis-je [*sic*]. Puis-je vous demander sans indiscrétion ce que vous alliez y faire. » Jacques est très timide[c]. Il rougit légèrement. « Je vais paraître stupide, dit-il en souriant avec douceur. Mais je vais vous dire où pour la 2[e] fois je dînais au chalet de l'Île[2] et où j'étais très triste, le lac du Bois qui ne m'avait jamais frappé, me sembla si beau que le lendemain je ne pus résister au désir de retourner le voir. Pendant quinze jours j'en ai été vraiment amoureux. Je ne savais quel chemin prendre pour ne pas rencontrer de gens de connaissance car quand je n'étais pas seul avec lui, il ne me disait rien. Et le jour où vous m'avez conduit était le jour de mon départ. Je ne voulais pas partir sans le revoir encore. Et puis[d] je voulais avant de quitter Paris tirer la conclusion de l'année finie[a]. Pour me donner la force de la ressaisir, de la comprendre, de la juger, rien ne pouvait égaler l'exaltation mélancolique que je goûtais au bord de ces belles eaux dont j'étais épris et où ce soir-là le ciel se reposait si triste entre les cygnes et[b] les barques qui passaient[c] ainsi que mon esprit détachées de la terre entre les gazons[d] et les fleurs du bord, plus intenses encore à ce moment qui suit le coucher du soleil, violemment[e] réelles. Comme le jeune passeur[f] qui laissant l'autre ramer était étendu au fond, mon esprit se donnait à la fois[g] le plaisir de la vitesse et du repos et glissait avec agilité sur des surfaces aussi suaves et aussi glorieuses que ces eaux enchantées[1], déjà rafraîchies par la nuit[h] et vernies encore par la lumière[i]. L'air était si doux qui planait sur les eaux. Et n'est-ce pas, l'esprit est un peu comme l'air. Quelque immense[j] espace que vous ouvriez devant lui il le remplit. Et l'esprit qui souffre d'être comprimé par un interlocuteur, un intérêt ou une muraille trop rapprochés s'étend joyeusement, royalement, librement dans les perspectives[k] infinies et remonte sans effort avec une vitesse enivrante et mélancolique, le cours des eaux et des années.

[«] Puis-je vous amener encore une fois, lui dis-je, je [*interrompu*]

AUX ENFERS

Quélus[1] passe. Samson[2] arrête deux ombres qui passent et montre Quélus. Voulez-vous me faire l'honneur de me présenter. L'une des deux ombres : Lequel faut-il présenter ? L'autre : À Quélus à cause du titre. Samson : Non à moi, je suis le plus vieux. La première ombre : Appelle Quélus. Le comte de Quélus. M. Samson. Quélus : Monsieur, j'ai beaucoup entendu parler de vous durant ma vie terrestre. Samson : L'ordre des temps s'opposait à la réciprocité. Nul doute sans cela que je n'eusse passé ma captivité à amasser sur vous des documents inédits. Vous m'intéressez infiniment, Monsieur. Du reste je vous avais prédit, que dis-je : La femme aura Gomorrhe et l'homme aura Sodome, Et se jetant de loin un regard irrité, Les deux sexes mourront chacun de son côté[3]. Quélus fait un léger signe d'assentiment[a], en une élégante courbette d'homme du monde. Samson : Ah Monsieur que vous eûtes[b] raison et si chacun et moi-même en avait usé comme vous, nul doute que Dalila ne se fût montrée plus coulante. Mais au reste ce n'est pas comme[c] coquetterie, indirect hommage rendu à la grâce féminine que j'approuve ces jeux de garçons. Il est d'un homme d'avoir banni loin de nous, cet être moins humain qu'animal, succédané bizarre de la chatte, étrange intermédiaire entre la vipère et la rose, la femme perdition de toutes nos pensées, poison de toutes nos amitiés, de toutes nos admirations, de tous nos dévouements, de tous nos cultes ; grâce à vous et à vos pareils[a] l'amour n'est plus une maladie qui nous met en quarantaine de tous nos amis, nous empêche de causer philosophie avec eux. Ce n'est au contraire qu'un épanouissement plus riche[b] de l'amitié, le riant couronnement de nos tendres fidélités et de ses épanchements virils. C'est comme la dialectique et le ceste[1] des Grecs un divertissement à encourager et qui fortifie, loin de les distendre, les liens qui unissent les hommes à leurs frères. Mais mon cœur trouve une joie plus profonde encore à vous contempler enfin, Monsieur. Quel confident j'ai trouvé de mes ressentiments contre la femme, nous allons pouvoir unir nos ressentiments, la maudire ensemble. La maudire, action si délicieuse peut-être hélas, parce que la maudire c'est un peu l'évoquer, c'est encore un peu revivre avec elle. — Je voudrais Monsieur être de votre avis mais je ne le puis. Jamais une femme ne m'a troublé et je ne comprends ni l'obscur attachement qui dans votre colère vous lie pourtant à elle par des fils douloureux et tremblants tangibles – ni l'indignation motivée qu'elle vous inspire. Incapable de causer avec vous des sortilèges[c] de la femme, je me sens plus incapable encore de la détester avec vous. J'ai quelque rancune contre les hommes, mais j'ai toujours infiniment apprécié les femmes. J'ai écrit sur elles des pages qu'on a bien voulu traiter de délicates[1] et qui furent du moins sincères et vécues. J'ai compté parmi elles de sûres amies. Leur grâce, leur faiblesse, leur beauté, leur esprit m'ont souvent enivré d'une joie qui pour ne rien devoir aux sens n'en fut pas moins intense si elle en fut plus durable et plus pure. J'allais me consoler auprès d'elles des trahisons de mes amants et il y a quelque douceur à pleurer longuement et sans désir contre un[a] sein parfait. Les femmes me furent à la fois madones et nourrices[2]. Je les adorais et elles me berçaient. Elles me donnaient d'autant plus que je leur demandais moins. Je fis à plusieurs une cour empreinte d'une sagacité que les bourrasques du désir ne venaient point déconcerter. Elles me donnaient en échange un thé exquis, une conversation ornée, une amitié désintéressée et gracieuse. À peine puis-je en vouloir à celles qui par un jeu cruel et un peu niais voulurent en s'offrant me faire avouer que je ne me sentais nul goût pour elles. Mais à défaut d'un orgueil bien légitime, la plus élémentaire coquetterie, la peur de compromettre leur charme auprès d'un admirateur aussi véritable, un peu de bonté et de largeur d'esprit déconseillèrent cette attitude aux meilleures d'entre elles[b].

M. Renan[3] passe. Taisez-vous littérateur. Comment croire en effet[c] qu'il n'y a pas plutôt[d] dans vos discours l'artifice orgueilleux du théoricien que le résumé approximatif[e] de votre [pensée]. Tout au plus vous êtes-vous caché d'aimer les femmes, ressemblant à ces convives qui dédaignent les plus beaux fruits qu'on leur présente. Ils ont goûté avant de venir au festin. Pourtant vous aimiez incontestablement les femmes. Croyez bien mon cher ami qu'il n'y a dans ces paroles nul blâme[a] au moins philosophique de ma part et ne voyez pas dans mes reproches la condamnation sans appel d'une morale trop absolue. Comment, sans mériter maladroitement d'[b]être taxé d'étroitesse d'esprit, pourrions-nous nous refuser maladroitement à comprendre des jeux dont Socrate parlait avec un sourire. Ce Maître, qui aima la Justice au point de mourir pour elle, et pour ainsi dire du même coup pour la mettre au monde, tolérait sans mauvaise humeur chez ses amis les plus intimes ces pratiques aujourd'hui surannées[1]. Et si l'éloignement dans l'espace imite assez bien l'éloignement dans le temps, il ne paraîtra pas absurde de dire qu'aujourd'hui encore l'Orient, si intéressant d'ailleurs à tant d'autres points de vue, reste[c] le foyer mal éteint de ces flammes étranges[2]. Au reste l'amour comme le pensaient les Anciens est indiscutablement une maladie[3]. Comment dès lors assimiler ces coutumes à un vice ? Nul doute que l'albuminurie ne prendrait aucun des caractères de l'immoralité si chez certains elle avait pour résultat une production de sel au lieu de sucre dans les urines. Loin de moi malgré ces raisons la pensée de vous absoudre, mon cher ami. Vous avez été deux fois maladroit. Inexpiable crime si comme j'incline à le croire la vie est plutôt un jeu d'adresse. Il n'est très bon, à aucun point de vue de prendre son plaisir à caresser son temps à rebrousse-poil. Un homme qui étant doué [de] la conformation la plus habituelle de notre palais prendrait pourtant[a] l'habitude de trouver un régal le plus exquis à dévorer[b] des excréments serait difficilement reçu, au moins dans la bonne société. Certaines répulsions physiques sont plus fortes que tout et emportent notation d'infamie[1]. Inévitablement notre dégoût et notre considération ne sauraient aller aux mêmes personnes. Et pourtant qui oserait dire que le dégoût n'est pas éminemment relatif ?[c] Pourquoi vous détourner des parfums les plus exquis qu'on vous offre et vous pencher devant la bouche d'un égout, en vous persuadant que vous respirez un parterre de fleurs. Posture assurément ni[d] plus ni moins fondée dans l'absolu que celle de l'amateur des jardins et des parfums – mais posture étrange et qui ne repose que sur une disposition physique des nerfs du nez et qui n'en doutez pas sera très remarquée. Mais vous avez commis une maladresse[e] plus grave car elle implique erreur sur cercle plus étendu, sur un degré plus subtil de la connaissance. L'amour ai-je dit est une maladie. Mais l'exaltation cérébrale ou folie en est une aussi. Nul doute pourtant que le jour où la poësie fit son apparition sur la terre elle n'eût singulièrement relevé le niveau de la folie. Presque tous les poètes sont des fous[2]. Qui pourtant oserait en médire. Ce sont des malades disent les médecins, personnages évidemment surfaits mais parmi lesquels je compte pourtant d'amis [*sic*] infiniment distingués et chers. D'ailleurs en nous faisant mourir ne contribuent-ils pas notablement à élargir le cercle de nos connaissances et à déplacer (fort suffixe[f]) le point de vue de nos méditations. Donc les médecins disent assez raisonnablement des poètes qu'ils sont des malades, des fous. Soit. Mais bienheureuse maladie, folie divine[1] comme disent les mystiques. L'apparition de la femme et surtout de la femme moderne sur la terre a de même considérablement ennobli la carrière utilitaire mais assez dépourvue d'horizons que l'amour semblait destiné à faire sur la terre aux premiers âges. La femme riche synonyme de consolation et d'enthousiasme a véritablement fait de l'amour une maladie sublime que vous ne pouvez que rabaisser en éliminant ce facteur de premier ordre mon cher Quélus. La différence du sexe est ici de toute importance. À qui attribuer qu'à elle ce rafraîchissement qui nous vient de notre amour pour un être si différent de nous, rafraîchissement si analogue aux jours pacifiants du travailleur de la ville qui passe des vacances à la campagne. Enfin de même que ce romantisme en lui faisant jouer un rôle plus grand encore dans la poésie édifiante a définitivement accrédité l'aliénation mentale auprès des gens de goût, depuis le XVIIIe siècle il me semble que votre erreur soit devenue une hérésie, la femme s'étant divinement perfectionnée, et s'étant enrichie de toutes les délicatesses que les esprits les plus raffinés révèrent. C'est aujourd'hui un objet d'art et de luxe qui ne peut plus craindre la concurrence. Il est vrai que vous prétendez goûter[a] des plaisirs délicats auprès d'elle et satisfaire vos sens ailleurs. Quelle complication d'existence inutile et maladroite. Le plaisir de vos sens serait enrichi et raffiné de tous ceux que la femme seule peut donner à notre imagination. D'ailleurs cette séparation dont vous parlez est-elle possible. Quelle force peut nous empêcher d'embrasser celle que nous admirons à ce point. Et je voudrais au verbe embrasser en ajouter d'autres qui choqueraient peut-être le discours d'un philosophe, du reste déjà suffisamment étendu.

APRÈS LA 8[e] SYMPHONIE DE BEETHOVEN

Nous entendons quelquefois la beauté d'une femme[a], l'amabilité ou la singularité[b] d'un homme, la générosité d'une circonstance[c], nous promettre[d] la Grâce. Mais bientôt notre esprit sent que ces promesses délicieuses, l'être qui les a faites ne fut jamais en état de les tenir et il lutte avec impatience contre la paroi qui le refoule ; tel[e] l'air qui comme l'esprit aspire toujours à remplir de plus vastes espaces[f], s'est précipité dès qu'on lui a ouvert un champ plus large, et de nouveau a été comprimé[1]. J'ai été un soir la dupe de vos yeux, de votre démarche, de votre voix[g]. Mais maintenant je sais exactement jusqu'où cela va, comme la limite est prochaine, et le moment où vous ne dites plus rien, en laissant vos yeux briller davantage dans le vague, pour un instant comme une lumière qu'on ne peut maintenir[h] longtemps à ce degré d'éclat. Et je sais aussi cher poète jusqu'où va votre gentillesse pour moi et d'où elle vient, et aussi la loi de votre originalité qui une fois découverte[i] permet d'en prévoir les régulières surprises et d'en épuiser l'apparent infini[1]. Toute la grâce que vous pouvez donner elle est là, incapable de s'accroître avec mon désir, de varier selon ma fantaisie[a], de s'unir à mon être, d'obéir[b] à mon cœur, de guider mon esprit. Je peux la toucher et je ne peux la mouvoir. C'est une borne. Je l'avais à peine atteinte et je l'ai déjà dépassée[2]. Il y a pourtant un royaume[c] de ce monde où Dieu a voulu que la Grâce pût tenir les promesses qu'elle nous faisait, descendît jusqu'à jouer avec notre rêve, et l'élevât jusqu'à le diriger, lui empruntant sa forme et lui donnant sa joie, changeante et non pas insaisissable, mais plutôt grandissante et variée par la possession même, royaume où un regard de notre désir nous rend aussitôt un sourire de la beauté[d], qui se change[e] dans notre cœur en tendresse et qu'elle nous rend en infini, où l'on goûte sans mouvement le vertige de la vitesse, sans fatigue[f], l'épuisement de la lutte, sans péril l'ivresse de glisser[g], de bondir, de voler, où à toute minute la force se proportionne au vouloir[3], et au désir la volupté, où toutes les choses accourent à tout instant pour servir notre fantaisie et la comblent sans la lasser, où dès qu'un charme [est] senti, mille charmes s'unissent à lui, divers mais qui conspirent, qui saisissent dans notre âme [*sic*], dans un réseau à toute minute plus étroit, plus vaste et plus doux : c'est le royaume de la musique.

*[4]

Parfois une femme ou un homme nous laisse entrevoir, comme une fenêtre obscure qui s'éclairerait vaguement, la grâce, le courage, le dévouement, l'espérance, la tristesse. Mais la vie humaine est trop complexe, trop sérieuse, trop pleine d'elle-même et comme trop chargée[a], le corps humain avec ses expressions multiples et l'histoire universelle qu'il porte écrite sur lui, nous fait penser à trop de choses pour que jamais une femme soit pour nous [la] grâce sans accessoires, le courage sans frein, le dévouement sans réserves, l'espérance sans limites, la tristesse sans mélange[b]. Pour goûter[c] la contemplation de ces réalités invisibles qui sont le rêve de notre vie, et que nous n'ayons pas seulement en face des femmes et des hommes, le frisson de leur pressentiment, il faudrait[d] de pures âmes, d'invisibles esprits, des génies qui ont la rapidité de vol sans la matérialité des ailes nous donnant le spectacle de leurs soupirs, de leur élan ou de leur grâce, sans l'incarner dans un[e] corps[f]. Car si notre corps aussi pouvait en jouir, il faudrait que le jeu de ses esprits s'incarne[g], mais dans un corps subtil, sans grandeur et sans couleur, à la fois très loin et très proche de nous, qui nous[h] donne au plus profond de nous-même[i] la sensation de sa fraîcheur sans qu'il ait de température, de sa couleur sans qu'il soit visible, de sa présence sans qu'il occupe de place. Il faudrait aussi que soustrait à toutes les conditions de la vie, il soit rapide comme la seconde et précis comme elle, que rien ne retarde son élan, n'empêche sa grâce, n'appesantisse son soupir, n'étouffe sa plainte. Nous connaissons dans ce corps exact, délicieux et subtil, le jeu de ces pures essences. C'est l'âme vêtue de son, ou plutôt la migration de l'âme[1] à travers les sons, c'est la musique.

LA CONSCIENCE DE L'AIMER

Jamais[a] jamais je me répétais ces mots qu'elle m'avait dits et qui par[b] le silence effroyable de l'attente[c] qui les avait précédés et du désespoir qui les avait suivis m'avaient fait pour la première fois entendre mon cœur qui prononçait avec une obstination égale ces mots toujours toujours. Et maintenant l'un blessant l'autre à mort ces deux refrains[1] alternaient désespérément et je les entendais tout près et très profondément comme ces coups qui battent sans relâche le fond [*sic*] des plaies profondes. Aussi quand mon domestique entra me dire que la voiture[d] m'attendait et qu'il était temps d'aller[e] dîner recula[-t-il] d'horreur en voyant le plastron de ma chemise amolli[f] par les larmes.[g] Je le renvoyai, me rhabillai et me préparai à partir[h]. Mais bientôt je m'aperçus que je n'étais pas seul dans ma chambre. Une sorte de chat-écureuil vêtu d'une fourrure blanche, d'une nuance de grèbe, avec de longs[i] yeux bleus, et sur la tête une haute aigrette blanche[j] d'oiseau semblait à demi caché par le rideau de mon lit semblait m'attendre. Dieu[k] m'écriai-je me laisseras-tu mourir dans ce monde désert puisque son absence y fait perpétuellement le vide le plus absolu, dans cette solitude désespérée. Ne veux-tu pas me pardonner comme tu as pardonné à l'homme aux premiers jours de la Terre. Qu'elle m'aime ou que je ne l'aime plus. Mais l'un ne se peut et je ne veux pas l'autre. Fais briller quelque clarté comme aux premiers jours sur mes larmes. La pendule sonna huit heures. Effrayé d'être en retard je sortis rapidement[a]. Je montai dans le fiacre. D'un bond souple et silencieux, la bête blanche vint se blottir entre mes jambes avec la fidélité tranquille de quelqu'un qui ne me quitterait plus jamais. Je regardai longtemps[b] ses yeux où le bleu profond et clair des cieux sans fin semblait captif et s'étoilait d'une croix d'or. Leur vue me causait une irrésistible et infiniment douce-amère envie de pleurer. J'entrai sans plus m'occuper de vous, bel écureuil-chat blanc mais arrivé chez mes amis[c] à peine assis à table, me sentant si loin d'elle et parmi des gens[d] qui ne la connaissaient pas, une angoisse atroce m'étreignit. Mais aussitôt je sentis contre mon genou une caresse puissante et douce. D'un rapide mouvement de sa[e] queue fourrée de blanc la bête s'installait[f] commodément à mes pieds sous la table et comme un tabouret[g] tendit son dos soyeux[h], à un moment je perdis mon soulier et mon pied reposa sur sa fourrure[i]. Par instant baissant les yeux[j] je rencontrai vite son regard éclatant et calme[k]. Je n'étais plus triste, je n'étais plus seul, et mon bonheur était d'autant plus profond qu'il était secret[l]. « Comment n'avez-vous pas, me dit une dame après le dîner, comment n'avez-vous pas quelque bête pour vous tenir compagnie, vous êtes si seul. » Je jetai sous le fauteuil où l'écureuil-chat blanc[a] se tenait caché un regard furtif et je balbutiai : « En effet, en effet. » Je me tus, je sentais les larmes me monter aux yeux[b]. Le[c] soir en rêvant, promener mes doigts dans ses fourrures peuplait ma solitude d'autant de compagnes gracieuses et tristes que si j'eusse joué alors des mélodies de Fauré[1d]. Le lendemain je me livrai [à] toutes mes banales occupations, je parcourus les rues indifférentes, je vis mes amis et mes ennemis avec une volupté rare et triste. L'indifférence et l'ennui qui teignaient toutes choses autour de moi étaient dissipés depuis que se perchait sur elle [*sic*] avec une élégance d'oiseau-roi et une tristesse de prophète l'écureuil-chat blanc qui me suivait partout. Chère aimable bête sans bruit, que vous m'avez tenu compagnie durant cette vie que vous avez mystérieusement et mélancoliquement ornée.

LE DON DES FÉES

C'est à notre berceau que les fées apportent les présents qui feront la douceur de notre vie[a]. Des uns nous savons nous servir assez vite et de nous-même[b] il semble que personne n'ait besoin de nous apprendre à souffrir[c]. Il n'en est pas de même des autres[d]. Souvent un don charmant gît[e] au fond de nous qui ne le connaissons même pas. Et il faut qu'un bon génie[f] éclaire la partie de l'âme où il est caché, nous le montre, nous enseigne sa vertu. Souvent après cette brusque illumination[1] nous laissons le présent précieux retomber dans l'oubli inutile jusqu'à ce qu'un nouveau bon génie[2] revienne le prendre et le mette dans notre main. Ces bons génies sont ceux qu'on appelle généralement des hommes de génie. À tous ceux d'entre nous qui ne sommes pas des hommes de génie combien la vie serait sombre et morne si jamais il n'y avait des peintres, des musiciens et des poètes qui ne les avaient menés à la découverte du monde extérieur et du monde intérieur[3]. Tel est le service que nous donnent ces bons génies, ils nous découvrent à nous-mêmes des forces ignorées[a] de notre âme, que[b] nous grandissons en les employant[c]. Entre[d] ces bienfaiteurs[e] je louerai aujourd'hui les peintres[f] qui nous font le monde et la vie plus belle[s]. Je connais une dame qui en sortant du Louvre marchait les yeux fermés pour ne plus voir après les figures parfaites de Raphaël[1], après les bois de Corot[2], la laideur des passants et des rues de Paris. Les génies ne pouvaient rien lui donner au-delà du présent des fées et certes le présent des fées était de peu de paix. Pour moi quand je sors du Louvre je ne[g] sors pas d'entre les merveilles, puisque je continue ou plutôt que je commence seulement, après cette initiation, du soleil et de l'ombre sur la pierre[3], une humidité lustrée aux flancs des chevaux, une bande de ciel gris ou bleu entre les maisons, l'affleurement même de la vie aux prunelles brillantes ou rouillées des gens qui passent. Aujourd'hui je me suis surtout arrêté au Louvre devant trois peintres qui ne se ressemblent pas et qui m'ont rendu tous trois un service merveilleux et différent. Ce sont Chardin, Van Dyck et Rembrandt[4].

Une[h] fée se pencha sur son berceau et lui dit tristement[5] :

Mon enfant,

Mes sœurs t'ont donné[i] la beauté, le courage[j], la douceur. Tu[k] souffriras pourtant puisqu'aux leurs je dois hélas ![l] joindre mes dons. Je[m] suis la fée des délicatesses incomprises. Tout le monde te fera du mal, te blessera, ceux que tu n'aimeras pas, ceux que tu aimeras plus encore[n]. Comme plus légers reproches, un peu d'indifférence[o] ou d'ironie[p] te feront souvent souffrir, tu estimeras que ce sont des armes inhumaines, trop cruelles pour que tu oses t'en servir, même contre les méchants. Car malgré toi tu leur prêteras ton âme et ta faculté de souffrir. Par là tu seras sans défense. Fuyant la rudesse des hommes, tu rechercheras d'abord la société des femmes qui cachent tant de douceur dans leur chevelure, dans leur sourire, dans la forme et le parfum de leur corps. Mais les plus ingénieusement amicales te feront du chagrin sans le savoir, des blessures au milieu des caresses[a] et grifferont en jouant des cordes douloureuses qu'elles ne connaissent pas[b]. On ne comprendra pas mieux ta tendresse qu[i] éveillera, par l'excès de ses délicatesses et de son intensité, le fou rire ou la défiance[1].[c] Comme les autres n'auront pas en eux le modèle de cette souffrance, ni de cette tendresse[d] qu'ils t'inspireront sans les comprendre, tu seras perpétuellement méconnu. Jamais personne ne saura te consoler ni t'aimer. Mais cependant usé avant d'avoir servi, ton corps ne résistera pas aux contrecoups des élans et des choses de ton cœur. Tu auras souvent la fièvre. Tu[e] ne dormiras pas[f], tu frissonneras sans cesse. Tes[g] plaisirs seront ainsi corrompus à leur source. Les éprouver même te fera mal. À l'âge où les petits garçons[h] vont rire et jouer, toujours tu pleureras les jours de pluie parce qu'on ne t'emmènera pas aux Champs-Élysées où tu joueras avec une petite fille[i] que tu aimeras et qui te battra, et les jours de soleil où vous vous verrez tu resteras triste de la trouver moins belle[j] qu'aux heures de la matinée où seul[k] dans ta chambre tu attendais le moment[l] de la[m] voir[1]. À l'âge où les petits garçons[a] courent fiévreusement après les femmes[b], tu réfléchiras sans trêve, et tu auras déjà beaucoup plus vécu que les gens très vieux[2]. Aussi quand répondant à tes parents[c] tu les entendras te dire : un jour vous ne penserez plus de même, quand vous aurez plus vécu, quand vous aurez notre expérience, tu[d] ne souriras modestement que par déférence. Voilà les tristes dons que je t'apporte, que je n'étais pas libre de ne pas t'apporter, et que tu ne peux rejeter loin de toi hélas, en les brisant, qui seront les sombres emblèmes de ta vie jusqu'à ta mort.

Alors une voix se fit entendre faible et forte, légère comme un souffle et comme les limbes dont elle venait, mais dominant toutes les voix de la terre et des airs[e] par la douce certitude de son accent : Je suis la voix de celle qui n'est pas encore mais qui naîtra de tes chagrins incompris, de tes tendresses méconnues, de la souffrance de ton corps. Et ne pouvant t'affranchir de ta destinée, je la pénétrerai de mon odeur divine. Écoute-moi, console-toi car je te dis : La tristesse de ton amour dédaigné, de tes blessures ouvertes, je t'en montrerai la beauté, si douce que tu n'en pourras plus détacher ton regard mouillé de pleurs mais charmé. La dureté, la bêtise, l'indifférence des hommes et des femmes se tournera pour toi en divertissement car elle est profonde et variée. Et ce sera comme si au milieu de la forêt humaine j'avais débandé tes yeux et si tu t'arrêtais avec une curiosité joyeuse[f] devant[g] chaque tronc, devant[h] chaque branche. Certes la maladie te privera de bien des plaisirs. Tu ne pourras guère chasser, aller au théâtre, dîner en ville mais elle te permettra de vaquer à d'autres occupations que les hommes négligent communément, et qu'au moment de quitter la vie tu tiendras[a] peut-être pour les seules occupations essentielles. D'ailleurs surtout si je la féconde la maladie a[b] des vertus que la santé ne connaît pas[1]. Les malades que je favorise voient souvent bien des choses qui échappent aux bien portants. Et si la bonne santé a sa beauté que les gens sains ne remarquent guère, la maladie a sa grâce dont tu jouiras profondément.[c] Puis la résignation pourra fleurir dans ton cœur que les larmes ont détrempé comme les champs après les pluies d'avril qui sont aussitôt couverts de violettes. Pour ta tendresse, n'espère pas pouvoir jamais en faire échange avec personne. C'est une substance trop rare. Mais apprends d'autant plus à la révérer. Il est amer et pourtant doux de donner sans pouvoir attendre de retour. Puis si l'on n'est pas tendre pour toi, tu auras souvent[d] occasion d'être tendre aux autres et tu répandras généreusement, avec l'orgueil d'une charité impossible à tout autre, ce parfum inconnu et exquis aux pieds lassés de ceux qui souffrent[2].

« C'EST AINSI QU'IL AVAIT AIMÉ... »

C'est ainsi qu'il avait aimé et souffert par toute la terre et Dieu[a] changeait si souvent son cœur qu'il avait peine à se rappeler[b] par qui il avait souffert et où il avait aimé. Or ces moments[c] dont l'attente avait fasciné une de ses années, qui ne semblaient jamais qu'approchés[d] et qu'il aurait voulu posséder jusqu'au-delà de la mort, il n'en retrouvait pas plus la trace l'année d'après[e] dans son souvenir, que les enfants ne retrouvent les traces de leurs châteaux défendus avec tant de passion, à la marée suivante. Le temps comme la mer emporte tout, abolit tout, et nos passions, non pas dans ses vagues, mais sous la calme, l'insensible et sûre montée de son flot comme des jeux d'enfant. Et quand il souffrit trop par la jalousie Dieu le détacha lui-même de celle par qui il aurait voulu souffrir toute sa vie, si par elle il ne pouvait être heureux. Mais Dieu ne le voulait pas comme lui[f], parce qu'il avait mis en lui le don du chant et ne voulait pas que la douleur l'anéantît. Aussi mit-il sous ses pas des créatures désirables et lui conseilla[-t-il] lui-même l'infidélité. Car il ne permet pas que les hirondelles, les albatros[1] et les autres petits chanteurs meurent de souffrance et de froid sur la terre qu'ils habitent. Mais quand le froid va les saisir il leur met dans le cœur le désir d'émigrer afin qu'ils ne manquent point à leur loi qui n'est pas tant d'être fidèle[s] au sol que de chanter[2].

ANNEXES

AUX SOURCES DE LA *RECHERCHE DU TEMPS PERDU*

Le fonds constitué par Bernard de Fallois, légué à la Bibliothèque nationale de France, renferme des documents et manuscrits qui font avancer notre connaissance de Proust et de son œuvre sur de nombreux aspects. Nous donnons ici certains de ces textes, restés inédits jusqu'en 2019, comme les nouvelles qui précèdent. Mais cette fois nous quittons l'époque des *Plaisirs et les Jours* pour nous transporter aux années au cours desquelles s'élabore *À la recherche du temps perdu*.

PROUST CONNAISSAIT LE SOCIOLOGUE GABRIEL TARDE ET SA THÉORIE DE L'IMITATION

L'univers romanesque de la *Recherche* est conditionné par la théorie du sociologue Gabriel Tarde[1] (1843-1904). Dans deux ouvrages notamment, *Les Lois de l'imitation* et *La Logique sociale*[2], il développe l'idée

1. C'est ce qu'a montré notamment Anne Henry dans *Marcel Proust. Théories pour une esthétique*, Paris, Klincksieck, 1981, p. 344-365.
2. Paris, Félix Alcan, 1890 et 1895.

selon laquelle les groupes sociaux s'agrègent, par imitation du plus grand nombre, autour de quelques inventeurs, dans le cerveau isolé de qui naissent les conceptions nouvelles, rapidement reprises par une armée de copieurs formant les couches de la société. Une société constamment travaillée par un *duel logique*, entre une conception prépondérante, triomphante et bientôt périmée, et une conception nouvelle, contestataire, minoritaire, mais qui l'emportera bientôt. Dès *Du côté de chez Swann*, le clan des Verdurin montre le « petit noyau » des habitués imitant « la Patronne » qui donne le ton, et dès « Un amour de Swann » mais surtout dans la suite du cycle romanesque, la duchesse de Guermantes, qui quant à elle donne le ton dans le faubourg Saint-Germain, peut se permettre ce que le sociologue appelle une « contre-imitation », consistant à faire exception aux lois de sociabilité qu'on a soi-même inspirées.

Tout le personnel romanesque de la *Recherche*, et jusqu'à la philosophie esthétique du Narrateur, se trouvent porter la marque de cette théorie, avec des variations infinies[1]. Et pourtant, les indices manquaient cruellement, au moment de prouver que le jeune romancier avait été mis en contact avec la théorie de l'imitation, que le sociologue enseignait au Collège de France, et dont il était fait écho à l'École libre des sciences politiques, où Proust suivait des cours parallèlement à la préparation de sa licence de droit à la Faculté de Paris, de 1891 à 1893, juste avant la préparation à la Sorbonne d'une licence de lettres à option philosophie, entre 1893 et 1895.

1. Voir Luc Fraisse, *L'Éclectisme philosophique de Marcel Proust*, Paris, PUPS, « Lettres françaises », 2013, chap. XVII, « Gabriel Tarde ou la philosophie faite roman », p. 959-1038.

Deux documents nouveaux se rejoignent pour nous renseigner à ce sujet.

D'une part, un relevé exhaustif de la bibliothèque et des archives de Gabriel Tarde révèle que le sociologue possédait trois volumes d'Adrien Proust, le père de Marcel, à lui dédicacés par l'auteur[1]. Le premier est *L'Orientation nouvelle de la politique sanitaire : conférences sanitaires internationales (Venise, Dresde, Paris), règlement de police sanitaire maritime de 1896*[2]. La dédicace est faite « À M. Tarde, membre de l'Institut, respectueux hommage ». Le deuxième est *La Défense de l'Europe contre la peste et la conférence de Venise de 1897*[3], dédicacé dans les mêmes termes. Le troisième est le *Traité d'hygiène*[4], dédicacé « À M. Tarde, membre de l'Institut, hommage très respectueux »[5]. Le sociologue faisait donc partie de la sphère d'Adrien Proust, apparemment comme connaissance lointaine dans le monde de l'Institut. Mais son fils écrivain ?

D'autre part, une page autographe, issue du fonds de Bernard de Fallois, apporte la preuve définitive que Proust connaissait la personne et les écrits du sociologue. C'est à l'École libre des sciences politiques que Gabriel Tarde vient donner en 1896 un cours intitulé « Les éléments de la sociologie politique ». La leçon inaugurale a lieu le 7 janvier, devant une cinquantaine

1. Voir *Le Laboratoire de Gabriel Tarde. Des manuscrits et une bibliothèque pour les sciences sociales*, publié sous la direction de Louise Salmon, Paris, CNRS Éditions, 2014, « Inventaire du fonds de la bibliothèque » établi par Jack Garçon, p. 395.

2. Paris, Masson, 1896.

3. Paris, Masson, 1897.

4. Publié en collaboration avec Henri Bourges et Arnold Netter, Paris, Masson, 1902.

5. Le contenu des dédicaces nous a été aimablement fourni par M. Jack Garçon, à qui va toute notre reconnaissance.

d'auditeurs[1]. Charles Benoist (1861-1936), journaliste et homme politique, livrera ses souvenirs de cette leçon inaugurale en ces termes : « Je me souviens de la leçon d'ouverture que fit Gabriel Tarde, pour ce cours dont il avait en toute indépendance choisi le sujet » ; « tout en l'écoutant, je regardais ces visages élevés vers la chaire, qui, peu à peu et de plus en plus, prenaient mine de visages émerveillés. C'était, de sa part, une abondance, une richesse, une profusion d'images et de formules. C'était un jaillissement, ou plutôt un bouillonnement d'observations ingénieuses, subtiles, hardies, car l'esprit de Tarde était toujours à une haute température[2]. »

La page que nous transcrivons révèle que Marcel Proust faisait partie de cette cinquantaine de visages levés vers la chaire. Le ton de ce texte induit à penser que l'étudiant entendait préparer une chronique à destination incertaine, sans doute pour rendre compte de cette leçon inaugurale. Il note ici ce qu'il connaît du sociologue et de ses écrits :

> Longtemps le public n'a connu de M. Tarde qu'une chose, à savoir[3] qu'il ne le connaissait pas[4] ; son stationnement indéfini comme juge d'instruction à Sarlat fit plus remarquer ce grand penseur que l'avancement le plus rapide et c'est si l'on peut dire son obscurité qui

1. D'après le compte rendu de la *Revue internationale de sociologie*, 4e année, n° 1, janvier 1896, p. 86.
2. Voir Gabriel Tarde, *Discours prononcés le 12 septembre 1909 à Sarlat à l'inauguration de son monument*, Sarlat, Michelet imprimeur, 1909, p. 87-88. Pour une mise en situation générale, voir Louise Salmon, « Gabriel Tarde et la société parisienne à la fin du XIXe siècle : rapides moments de vie sociale (1894-1897) », *Revue d'histoire des sciences humaines*, n° 13, 2005-2, p. 127-140.
3. Var. : *je veux dire*.
4. Ébauche : pas ; *et l'absence de tout avancement dans*.

fut le commencement de son illustration[1]. Fixé maintenant à Paris où il occupe dans l'administration une situation importante M. Tarde commençait[2] hier à l'École des Sciences politiques[3] son cours sur les Éléments de la sociologie. Plus intuitif que logicien, ce qui ne veut pas dire moins penseur que poète[4], parlant à la pensée[5] par la pensée sans doute mais aussi par l'imagination[6][,] renforçant la persuasion[7] des arguments par l'autorité des belles et grandes images, jusqu'à[8] laisser entrer parfois dans le solide tissu d'un raisonnement, les fils mystérieux de l'analogie, les éclatantes broderies de la métaphore, M. Tarde a fait une leçon que lui seul[9], philosophe poète comme M. Darlu pouvait faire, et où, pour en faire mieux sentir la grandeur et la poésie il prolonge à tout moment[10] jusque dans les royaumes des plantes et des étoiles les lois qui régissent les sociétés. L'admirable auteur des *Lois de l'imitation* devait comme un Emerson, comme un Carlyle, faire dans la sociologie une grande place aux individus, et surtout à ces individus plus largement assimilables par la société et qu'on appelle des grands hommes. « Le grand homme vient[11] à son heure, ou à son heure à lui. Mais pour l'heure de[12] son pays il la retardera ou il l'avancera à sa guise. » M. Tarde retardera comme il voudra la nôtre. Quand à 3 heures ¼ il s'est excusé d'avoir retenu si

1. Ébauche : illustration. *Il commençait.*
2. Var. : *faisait.*
3. Ébauche : politiques *où il traitera tous les mardis.*
4. Ébauche : poète, *[éblouissant] ravissant l'imagination au moment même où elle.*
5. Var. : *au langage.*
6. Ébauche : imagination, *[ajoutant aux arguments] ajoutant à l'autorité.*
7. Var. : *l'autorité.*
8. Ébauche : jusqu'à *mêler parfois.*
9. Ébauche : seul, *ou quelque poète.*
10. *À tout moment* : ajout interlinéaire.
11. Var. : homme *a-t-il dit* vient.
12. Var. : *celle* de.

longtemps ses auditeurs, de longues exclamations lui ont prouvé que, d'après les lois de l'imitation sans doute, nous étions déjà façonnés à sa manière discursive de parler, et que nous ne lui demandions qu'une chose, « la répétition fréquente » pour le citer « de son individualité originale ».

UN THÉORICIEN DE LA VOLONTÉ

Sur un bout de papier, Proust a noté un titre et un auteur, « *La Volonté de la métamorphose* par Joseph Baruzzi [*sic*] ». Il s'agit de *La Volonté de la métamorphose* de Joseph Baruzi, publié en 1909 puis 1911 chez Bernard Grasset. Qu'a pu apporter cette lecture à Proust romancier ?

Ce livre se réfère principalement à l'ouvrage de Schopenhauer *Le Monde comme volonté et comme représentation*[1]. Mais l'auteur cite à l'occasion Nietzsche[2], *Matière et Mémoire* de Bergson[3], et par allusion Kant : « aucune sensation n'est possible, sinon de phénomènes circonscrits dans l'espace et déterminés dans le temps[4] ». Une description indirecte de la monadologie de Leibniz[5] aboutit à cette remarque placée au cœur de l'esthétique proustienne : « Tout se passe comme si notre effort le plus intime était d'amasser une image du monde qui n'eût pu être tracée en aucun autre être[6] », où l'on voit

1. Voir Joseph Baruzzi, *La Volonté de la métamorphose*, Paris, Grasset, 1909, p. 108-111, qui évoque la théorie de l'amour selon Schopenhauer (résumée sans que l'auteur soit nommé).
2. *Ibid.*, p. 127-129.
3. *Ibid.*, p. 132-133.
4. *Ibid.*, p. 140.
5. *Ibid.*, p. 136-137.
6. *Ibid.*, p. 157.

se préparer cette maxime du *Temps retrouvé :* « Ce que nous n'avons pas eu à déchiffrer, à éclaircir par notre effort personnel, ce qui était clair avant nous, n'est pas à nous. Ne vient de nous-mêmes que ce que nous tirons de l'obscurité qui est en nous et que ne connaissent pas les autres[1]. »

Ce livre a pu éclairer dans l'esprit de Proust son rapport problématique à Schopenhauer. Problématique car sa conviction inébranlable que la création artistique résulte d'un effort strictement individuel (on a vu dans le texte ci-dessus que Carlyle et Emerson l'intéressent en tant qu'ils mettent en œuvre une telle conviction) ne peut se concilier avec le concept schopenhauerien de Volonté selon lequel une force vitale globale s'individue dans chaque esprit. Si les métaphysiques de l'amour et de la musique selon Schopenhauer se conjuguent dans « Un amour de Swann », la rupture semble se consommer à l'audition du septuor dans *La Prisonnière,* « comme si, en dépit des conclusions qui semblent se dégager de la science, l'individuel existait[2] ». Or, on voit Joseph Baruzi tenter de concilier justement la Volonté schopenhauerienne et l'individualité : « Si en effet une force ultime, d'intensité variable selon les êtres, veille au plus secret de chacun de nous – pleine de ruses imprévisibles et d'audaces obstinées, puis vacillante çà et là –, comment serait-elle partout soumise à un destin identique ? Dès maintenant, nul instant où elle ne s'exprime par l'invention vivante du corps et de l'esprit ; mais jamais elle ne se confie tout entière à l'attitude ou à la pensée qui la traduisent furtivement. Sans trêve pourtant tout le geste multiple où elle se déploie l'amplifie ou la

1. *Recherche,* t. IV, p. 459.
2. *Ibid.,* t. III, p. 760.

restreint. Et ainsi, pour chaque homme, des termes jusque-là inconnus et qui ne seront jamais renouvelés formulent de façon perpétuellement changeante, et comme en une variable équation dynamique, un problème qui sera posé cette seule fois[1]. » Proust développera la métaphore du kaléidoscope pour rendre ce processus. Dès lors, conclut l'essayiste, « on voit que ce qui importe avant tout en chaque être, c'est ce qu'il a d'irréductible[2] ». Et c'est ce qui importe à Proust aussi.

Ce traité de philosophie tend au futur romancier un moyen pour concevoir ses personnages, qu'explicitera bien plus tard le Narrateur de *La Prisonnière :* « Moi qui pendant tant d'années n'avais cherché la vie et la pensée réelles des gens que dans l'énoncé direct qu'ils m'en fournissaient volontairement, par leur faute j'en étais arrivé à ne plus attacher, au contraire, d'importance qu'aux témoignages qui ne sont pas une expression rationnelle et analytique de la vérité ; les paroles elles-mêmes ne me renseignaient qu'à la condition d'être interprétées à la façon d'un afflux de sang à la figure d'une personne qui se trouble, à la façon encore d'un silence subit[3]. » Le philosophe soulignait de son côté : « On ne pénètre pleinement telle impression ou telle opinion d'un être étranger que quand on en découvre le rapport avec telle attitude familière de cet être, telle inflexion de sa voix ou tel frisson de ses yeux. Alors seulement l'état de conscience, dont fréquemment par les mots rien ne fut exprimé que de banal, est saisi en ce qu'il comporte d'unique et d'irréductible. On le situe dans un drame, somptueux ou mesquin, qui ne ressemble à aucun autre, et dont il est l'un des instants. Drame le plus souvent insoupçonné du personnage

1. *La Volonté de la métamorphose, op. cit.*, p. 122-123.
2. *Ibid.*, p. 157.
3. *Recherche*, t. III, p. 596.

même dont il retrace l'aventure. Il figure comment, à travers une série de maladresses ou de réussites, une obscure aspiration incluse dans un homme s'ingénie à se préciser[1]. » La voie du Narrateur proustien sera de déchiffrer les êtres sous l'apparence.

Si le temps perdu et le temps retrouvé selon Proust n'avaient jamais été formulés par personne, seule la *Recherche* donnant une dimension théorique, romanesque et imaginative spécifique à ces deux concepts, on voit se dessiner dans le traité de Joseph Baruzi les chemins qui conduisent à ces deux pôles opposés.

La stagnation du héros dans l'ère du temps perdu s'esquisse à travers plusieurs formules : « tout le possible que nous portons, et qui gémit sourdement de ne se point réaliser » ; « ce qui avant tout caractérise chacun, ce sont *ses pensées inutiles* » ; ou encore : « notre puissance psychique dépend de l'inachevé que nous portons en nous[2] ».

Mais il faut prendre garde à « ce sens confus et intermittent » qui « coïncide peut-être avec la mystérieuse volonté de création[3] ». La notion d'*intermittence* sera prégnante chez Proust ; elle l'était dans le cours d'Alphonse Darlu qu'il avait suivi au lycée Condorcet. La dispersion dans le temps perdu n'est ainsi que la préparation d'une unification dans le temps retrouvé, ce qui, à cette heure antérieure à la *Recherche*, s'exprimerait ainsi : « Nous éprouvons qu'entre d'hostiles fragments de notre conscience il y a une amitié secrète, et que nos événements morcelés constituent une histoire unique[4]. »

1. *La Volonté de la métamorphose*, *op. cit.*, p. 112-113.
2. *Ibid.*, p. 21, 27 et 29.
3. *Ibid.*, p. 75.
4. *Ibid.*, p. 13.

Le temps retrouvé est restitué par la mémoire – une certaine forme de mémoire. Joseph Baruzi fait dériver de Schopenhauer deux formes de mémoire : « Pour devenir notre représentation il [le monde] dut être d'abord, en quelque mesure, notre volonté. Si nous sommes avertis de notre persistance et sentons la présence de l'univers, c'est qu'en nous le passé non seulement se garde mais qu'en dessous de la mémoire fragmentée et précise déferle une confuse magnificence, une mêlée de souvenirs sans date, une mémoire immémoriale[1]. » Dès lors s'esquisse la définition préproustienne d'une *mémoire involontaire* : « Qui d'entre nous, s'il se replie vers son passé, n'y retrouve çà et là, parmi les vestiges mutilés, quelque empreinte intacte, quelque événement dressant son impérieuse stature au-dessus de la monotonie des jours ? Images indélébiles, dont reparaissent les détails les plus menus. Mais en même temps qu'elles précisent leur relief et accusent leurs angles, elles font s'émouvoir autour d'elles, et tournoyer, et voler vers nous, une dansante fantaisie et tout un essaim capricieux. Elles propagent jusqu'en nos heures découronnées le fracas de nos rires anciens et le battement d'ailes des désirs que nous méconnûmes. Nous n'avons su réaliser qu'une infime partie des possibles enclos en nous. Et elles nous portent le soupir de tous les nous-mêmes que nous avons sacrifiés[2]. »

Cette sorte de mémoire involontaire préfigure celle de Proust par la force attractive qui lui permet de s'agréger, à partir de la résurrection d'un souvenir précis, tout ce qui entourait ce souvenir. Encore y

1. *Ibid.*, p. 8.
2. *Ibid.*, p. 10-11.

a-t-il loin de ces réflexions fluctuantes au souvenir ressuscité par la madeleine. Si la connaissance de cet ouvrage de philosophie n'est attestée nulle part ailleurs que sur ce coin de manuscrit de la main de Proust, l'influence de sa lecture n'en est pas moins déterminante.

En revanche, *La Volonté de la métamorphose* ayant été publié en 1909 et 1911, il faut remarquer que Proust resta attentif aux productions de la philosophie bien après la fin de sa licence à la Sorbonne (1895). Il serait faux de prétendre qu'en lui le romancier a définitivement extirpé le philosophe. Pour somptueuse qu'elle soit, la mise en scène du souvenir involontaire, à travers l'épisode de la madeleine, s'est élaborée au voisinage fort informé de ce qui s'écrivait sur ces questions à l'époque immédiatement contemporaine de la *Recherche*.

AVANT « LONGTEMPS JE ME SUIS COUCHÉ DE BONNE HEURE »

On possède déjà beaucoup d'esquisses du tout début de *Du côté de chez Swann*[1]. Plusieurs bouts de papier séparés préparaient aussi cet incipit. Voici le premier :

> Pendant de longues années, chaque soir, quand je venais de me coucher je lisais quelques pages d'un traité d'architecture qui était près de mon lit, puis, souvent, à peine ma bougie éteinte, mes yeux se fermaient si vite que je n'[*interrompu*].

1. Voir *Recherche*, t. I, p. 633-658.

Et le deuxième :

Pendant bien des années, le soir, quand je venais me coucher souvent à peine ma bougie éteinte mes yeux se fermaient si vite que je n'avais pas le temps de me dire : je m'endors. Et ½ heure après la pensée qu'il était temps de chercher le sommeil m'éveillait, je voulais souffler ma lumière, jeter le journal que je croyais avoir encore en main ; en dormant j'avais continué à penser à ce dont il parlait mais je me figurais que j'étais moi-même la symphonie nouvelle, les députés qui avaient voté contre le ministre [*interrompu*].

Autre version :

Autrefois[1], à peine ma bougie éteinte mes yeux se fermaient si vite[2] que je n'avais pas le temps de me dire je m'endors et souvent une demi-heure après l'idée qu'il était temps de chercher le sommeil m'éveillait ; je voulais poser le livre[3] que je croyais avoir encore en main et souffler ma lumière ; j'avais pensé en dormant aux pages que j'avais lues mais je ne doutais pas que je ne fusse moi-même ce dont elles parlaient, une église, un quatuor, le [*mot illisible*] entre deux femmes.

Ces versions s'attachaient beaucoup plus à une situation pouvant se mettre en place, ce que refusera la version définitive : *longtemps* restera volontairement beaucoup plus vague que *pendant de longues années* ou *bien des années* ; *chaque soir* instaurait une temporalité vécue, *quand je venais me coucher*

1. Var. : *Pendant bien des années.*
2. Var. : *je m'endormais* si vite.
3. Ébauches : je voulais *éteindre souffler ma lumière.*

donnait à voir le héros, et les temps étaient ceux du récit, tandis que le passé composé de la version finale instaure seulement un rapport direct entre le héros et le Narrateur, ce dernier opérant, dans un aujourd'hui énigmatique, un bilan de son expérience passée.

On constate le même phénomène dans une première ébauche de l'épisode de la madeleine, qui rendait le cadre vécu de la scène plus concret :

> « C'est ce qui m'arrive pour Combray. Il y a quelques années l'hiver fut très froid. En rentrant un jour où la neige menaçait, mon feu ne tirant[1] pas, ne pouvant me réchauffer, Françoise me dit qu'elle allait me faire un peu de thé. »

Ces détails discrètement enlevés donneront au Narrateur, ou plutôt ici à celui que Marcel Muller a appelé le sujet intermédiaire[2], une situation plus insituable, plus énigmatique, et par là plus souveraine. Les souvenirs de lecture qui flottent dans la pensée du sujet en train de s'endormir pourraient constituer une discrète réminiscence du drame du coucher autrefois à Combray, dont une esquisse précise :

> je m'efforçais de lire quelques lignes, de regarder de belles roses, d'écouter un piano qu'on entendait dans la maison à côté, mais rien ne peut pénétrer dans le cœur quand on a trop de chagrin.

La mention du piano entendu pourrait suggérer que la scène de Combray a été d'abord localisée dans une plus grande ville. Au 102 boulevard Haussmann,

1. Var. : ne *flambant*.
2. Marcel Muller, *Les Voix narratives dans la "Recherche du temps perdu"*, Genève, Droz, 1965, rééd. 1983.

appartement habité bien après l'enfance, Proust avait pour voisine une pianiste chevronnée, Mme Williams[1].

UNE PAGE DE L'OUVERTURE DE *DU CÔTÉ DE CHEZ SWANN*

La page bien connue commençant par « Un homme qui dort[2] » se présentait ainsi dans un brouillon ancien, préparé sur des feuilles détachées :

Un jeune homme qui dort, les bras répandus, tient[3] en cercle autour de lui le fil des heures, l'ordre des années et des mondes. Il les consulte au réveil[4] mais leurs rangs fragiles peuvent se rompre, se mêler[5]. Soit[6] que le sommeil brusquement l'ait pris tourné sur un côté où il ne[7] repose pas d'ordinaire, aussitôt les myriades des étoiles tombent à terre et s'éteignent, quoique ce soit[8] à peine le commencement de la nuit et qu'elles brillent de leur plus vif éclat dans le ciel. Et[9] s'il s'éveille[10] alors, il s'imaginera que c'est déjà le matin. Que vers le matin au contraire après quelque insomnie, le sommeil le prenne pendant qu'[11] il lit dans une position trop divergente de celle où il dort habituellement, il suffit de son bras soulevé pour arrêter le soleil[12], pour

1. Voir ses *Lettres à sa voisine*, édition d'Estelle Gaudry et Jean-Yves Tadié, Paris, Gallimard, 2013.
2. *Recherche*, t. I, p. 5.
3. Ébauche : tient *rangés*.
4. *Il… réveil* : ajout interlinéaire.
5. Ébauche : se mêler. *Qu'il bouge, qu'il fausse la flexion de ses membres*.
6. Ébauche : Soit *qu'il s'endorme*.
7. Ébauche : ne *pensait pas s'attarder*.
8. Ébauche : ce soit *le moment*.
9. Ébauche : Et *quelques instants après*.
10. Ébauche : s'éveille *de ce premier sommeil*.
11. Var. : *quand*.
12. Ébauche : soleil *qui se levait*.

le faire reculer, et quand il rouvre[1] les yeux, avant de voir bien clair, il croira qu'il vient à peine de se coucher. Que s'il s'assoupit dans une position plus déplacée encore, tout à fait excentrique, par exemple après dîner[2] assis dans le fauteuil du salon, alors[3] le bouleversement sera complet dans les mondes désorbités. Le fauteuil magique lui fera franchir en un instant les lieues et les jours et en s'éveillant il se croira[4] quelques mois plus tôt, aux bains de mer.

CHRONIQUE DE LA FAMILLE SWANN

Divers brouillons sur papiers détachés visaient à étoffer les renseignements concernant Swann et sa famille.

Mon grand-père avait beaucoup connu M. Swann, le père. Il nous parlait souvent de lui, de sa sensibilité profonde mais bizarre.

Trois papiers travaillent à décrire l'ascension mondaine de la mère de Swann.

La comparaison des documents indique que la jalousie de Swann pour Odette reprend certains éléments des lettres adressées par Proust à Reynaldo Hahn en 1895-1896[5]. Dans ces brouillons, une feuille comprend un dessin de Swann portant un chapeau, intitulé : « Pour Reynaldo Hahn », le reste de la feuille étant couvert d'ébauches sur Swann et Odette.

Le mariage de Swann, qui a lieu dans l'hiatus

1. Var. : *rouvrira*.
2. Var. : après *le* dîner.
3. Ébauche : alors *l'ordre des mondes*.
4. Ébauches : se croira *dans couché dans un lit*.
5. Voir *Recherche*, t. I, notice d'« Un amour de Swann », p. 1181-1183.

entre « Un amour de Swann » et « Noms de pays : le Nom », reste inexpliqué. A-t-il eu pour cause la conception de Gilberte ? Une esquisse en propose l'explication, ainsi formulée :

> Peu de gens comprirent ce mariage[1], qui auraient dû pourtant savoir que les vieilles liaisons ont un peu de la douceur et de la force des affections de famille. Odette [*interrompu*].

Peut-être peut-on interpréter dans ce sens une affirmation toute générale, contenue dans une lettre de décembre 1917 à la princesse Soutzo : « Je sais que les idées, même méprisées, ne périssent pas immédiatement dans l'esprit où on les a introduites, qu'elles y exercent leur influence[2]. » Proust avait écrit à Robert de Montesquiou, dès juin 1897 : « La suite des circonstances n'étant qu'un autre aspect du développement de notre nature, tout ce qui fut un désir devient un fait. *Mais quand on ne le désire plus*[3]. »

LES MODÈLES MASCULINS DE GILBERTE

On a vu, dans « Le don des fées », se préparer l'épisode du troisième chapitre de *Du côté de chez Swann*, où le héros scrute anxieusement le temps qu'il fait, qui conditionnera la possibilité d'aller aux Champs-Élysées retrouver Gilberte : « Aussi si le temps était douteux, dès le matin je ne cessais de l'interroger,

1. Ébauche : ce mariage, *bien qu'il soit si aisé.*
2. *Correspondance*, t. XVI, p. 337.
3. *Ibid.*, t. II, p. 197 ; souligné par Proust.

et je tenais compte de tous les présages. Si je voyais la dame d'en face qui, près de la fenêtre mettait son chapeau, je me disais : “Cette dame va sortir ; donc il fait un temps où l'on peut sortir : pourquoi Gilberte ne ferait-elle pas comme cette dame[1] ?” »

Nous savons maintenant, grâce au brouillon qui suit, que cet épisode s'est ébauché très longtemps à l'avance (à une époque proche d'expériences semblables, chez le jeune écrivain) :

> À l'âge où les petits garçons[2] vont rire et jouer, toujours tu pleureras les jours de pluie parce qu'on ne t'emmènera pas aux Champs-Élysées où tu joueras avec une petite fille[3] que tu aimeras et qui te battra, et les jours de soleil où vous vous verrez tu resteras triste de la trouver moins belle[4] qu'aux heures de la matinée où seul[5] dans ta chambre tu attendais le moment[6] de la[7] voir.

Gilberte était un petit garçon ; par prudence, Proust en fera une petite fille. La brutalité du camarade aux Champs-Élysées deviendra, adaptée et atténuée, dans *Du côté de chez Swann :* « Gilberte qui était peut-être déjà aux Champs-Élysées, et dès que j'arriverais me dirait : “Commençons tout de suite à jouer aux barres, vous êtes dans mon camp[8].” »

Le conte ancien « Le don des fées » livrait l'épisode vécu, qui sera recouvert par l'invention romanesque.

1. *Recherche*, t. I, p. 388-389.
2. Var. : les *petites filles*.
3. Var. : *un petit garçon*.
4. Var. : de *le* trouver moins *beau*.
5. Var. : *seule*.
6. *Le moment* : ajout interlinéaire.
7. Var. : *le*.
8. *Recherche*, t. I, p. 389.

À la fin de *La Fugitive* ou *Albertine disparue*, le héros séjourne à Tansonville chez Gilberte, mariée à Saint-Loup. En promenade autour de Combray, il découvre que les deux « côtés », celui de Méséglise (ou de chez Swann) et celui de Guermantes, n'étaient pas si inconciliables : « Je me rappelle que dans ces conversations que nous avions en nous promenant, plusieurs fois elle m'étonna beaucoup. L'une, la première en me disant : "Si vous n'aviez pas trop faim et s'il n'était pas si tard, en prenant ce chemin à gauche et en tournant ensuite à droite, en moins d'un quart d'heure nous serions à Guermantes[1]." »

Le côté de Guermantes est appelé, dans les anciens brouillons, le « côté de Villebon », ce qui place la scène dans les sites réels autour d'Illiers. Mais une esquisse allait plus loin ici :

> Je [*suis*] étonné d'apprendre par mon mécanicien qu'en prenant à droite de Chartres la route de Nogent-le-Rotrou puis en tournant deux ou trois fois à gauche on arrive au château de Villebon. C'est pour moi comme si on me disait qu'après avoir pris un premier chemin et un second chemin on arrive au pays des rêves.

L'ancêtre de Gilberte est ici Alfred Agostinelli. Le chauffeur de Proust qui, partant de Cabourg, le menait jusqu'à Caen – ce qui a nourri en 1907 l'article « Impressions de route en automobile » (transposé en 1913 dans l'épisode des clochers de Martinville de *Du côté de chez Swann*) –, est censé ici promener le héros devenu adulte aux alentours d'Illiers devenant bientôt Combray.

1. *Ibid.*, t. IV, p. 268.

LA CAGE DU CARDINAL LA BALUE

Le héros des *Jeunes filles en fleurs* affronte, dès son arrivée au Grand Hôtel de Balbec, l'épreuve de la nouveauté pour lui inhospitalière de sa chambre, d'où résulte une comparaison historique et pittoresque : « J'aurais voulu au moins m'étendre un instant sur le lit, mais à quoi bon puisque je n'aurais pu y faire trouver de repos à cet ensemble de sensations qui est pour chacun de nous son corps conscient, sinon son corps matériel, et puisque les objets inconnus qui l'encerclaient, en le forçant à mettre ses perceptions sur le pied permanent d'une défensive vigilante, auraient maintenu mes regards, mon ouïe, tous mes sens, dans une position aussi réduite et incommode (même si j'avais allongé mes jambes) que celle du cardinal La Balue dans la cage où il ne pouvait ni se tenir debout ni s'asseoir[1]. »

Si le cardinal La Balue fut enfermé sur ordre de Louis XI au château de Loches, les historiens doutent que ce fût dans une cage de fer[2].

Proust quant à lui n'avait pas lieu d'en douter, car il reçut en 1906, au 102 boulevard Haussmann, une carte postale – elle aussi conservée dans le fonds de Fallois – venant de Loches (Indre-et-Loire), prétendant montrer la « Reproduction authentique de la véritable cage de fer et de bois, dans laquelle Louis XI fit enfermer le Cardinal La Balue au Donjon. Cette cage fut détruite et brûlée dans le feu de joie du 14 Juillet 1791 ».

1. *Ibid.*, t. II, p. 27.
2. Voir *ibid.*, p. 1352, note 1 de la p. 27.

Carte postale reçue par Proust en 1906,
montrant la cage de La Balue.

À L'OMBRE DES JEUNES GENS EN FLEURS

Lors de l'un de ses séjours à Cabourg, Proust composa, sur papier à en-tête du Grand Hôtel, une ode à un groupe de jeunes golfeurs comprenant Marcel Plantevignes (1889-1969), qui écrira un épais livre de souvenirs, *Avec Marcel Proust*[1]. Dans une émission enregistrée le 23 mars 1966, Plantevignes affirmait avoir suggéré à Proust le titre *À l'ombre des jeunes filles en fleurs*. Proust avait rencontré ce petit groupe durant l'été 1908. Une lettre d'avril 1918 à Charles d'Alton en réveille le souvenir filtré par la guerre : « Je ne sais plus rien de Cabourg, n'ayant pas quitté Paris depuis trois ans et demi. Ou plutôt Foucart vient à chaque permission, et c'est Cabourg encore. Guy Delaunay[2], Pierre Parent[3], Wessbecher m'ont donné quelquefois de leurs nouvelles. Vous avez su sans doute que le pauvre Marcel Plantevignes a été mourant ; après deux ans passés entre la vie et la mort, il va paraît-il assez bien[4]. » Proust notait en 1908 dans le carnet 1 : « Mieux d'aimer ce qui est du pays, Plantevigne[5], Foucart[6]. » Voici le poème consacré à la petite bande de golfeurs :

1. Paris, Nizet, 1966.
2. Sans doute le fils de Paul Delaunay, qui avait une propriété à Cabourg, « L'Alcyon ». Il est mentionné en 1908 dans le carnet 1 (voir *Carnets*, p. 93).
3. Pierre Parent (1883-1964), qui sera ingénieur en chef des mines ; voir une lettre d'octobre 1908 (*Correspondance*, t. VIII, p. 244). Il est plusieurs fois mentionné dans le carnet 1, en 1908 (*Carnets*, p. 45, 55, 98 et 100).
4. *Correspondance*, t. XVII, p. 173.
5. Proust omet systématiquement le *s* final du nom de son ami.
6. *Carnets*, p. 41.

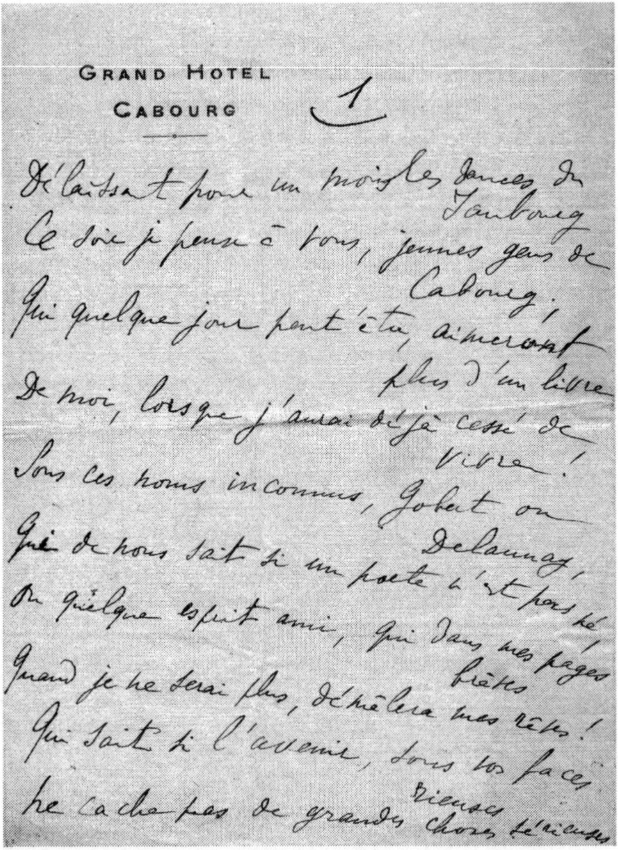
GRAND HOTEL
CABOURG

1

Délaissant pour un mois les danses du Faubourg
Ce soir je pense à vous, jeunes gens de Cabourg,
Qui quelque jour peut-être, aimeront plus d'un livre
De moi, lorsque j'aurai déjà cessé de vivre !
Sous ces noms inconnus, Gobert ou Delaunay,
Qui de nous sait si un poète n'est pas né,
Ou quelque esprit ami, qui dans mes pages brèves
Quand je ne serai plus, démêlera mes rêves !
Qui sait si l'avenir, sous vos faces rieuses
Ne cache pas de grandes choses sérieuses

Ode aux jeunes gens en fleurs de Cabourg,
incipit du manuscrit autographe.

Délaissant pour un mois les dames du Faubourg
Ce soir je pense à vous, jeunes gens de Cabourg,
Qui quelque jour peut-être aimeront plus d'un livre
De moi, lorsque j'aurai déjà cessé de vivre !
Sous ces noms inconnus, Gobert[1] ou Delaunay[2],
Qui de nous sait si un poète n'est pas né,
Ou quelque esprit ami, qui dans mes pages brèves,
Quand je ne serai plus, démêlera mes rêves !
Qui sait si l'avenir, sous vos faces rieuses,
Ne cache pas de grandes choses sérieuses
Et si de ces golfeurs, agrandi par l'amour,
Ne se détachera pas un poète, un jour !

D'abord (j'ai mes défauts si vous avez les vôtres)
Je ne pouvais vous distinguer les uns des autres !
Entre tous les Parent, les Donon[3], les Foucart,
Ou bien les Delaunay, semblait mince l'écart,
Et je me demandais quel infaillible signe
Pourrait bien distinguer Gobert de Plantevigne.
Comme à l'automne on voit tant et tant d'hirondelles
Se joindre, consulter en agitant leurs ailes
Ainsi tous rassemblés en groupes peu modestes
Vous poussiez de grands cris, en faisant de grands gestes !
Et comme les Romains croyaient teutons les Cimbres,
Pardonnez-moi je crus à quelque bourse aux timbres !
Puis les mots, criés fort, de golf, de championnat
Me donnèrent le sens vrai de ce pensionnat.
À son rouge sarrau je connus Plantevigne,

1. Une lettre à André Foucart de juillet 1918 (*ibid.*, p. 328), évoquant Cabourg et ses environs, mentionne une Mlle Gobert, sans doute de la même famille. Une autre missive, d'août 1919, mentionne « Foucart, ami de Gobert, que vous avez vu chez moi ou plutôt chez vous » (*ibid.*, t. XVIII, p. 373).

2. Ni Gobert ni Delaunay ne sont évoqués dans le livre de souvenirs de Marcel Plantevignes.

3. Ce nom n'est mentionné nulle part.

Que son si joli nom au souvenir désigne.
Foucart a l'air chercheur, Parent l'air sarcastique.
Parfois Delaunay seul et plus mélancolique
Au visage d'une pureté très classique
Un peu sèche à mon sens (oui, mais ce qui vaut mieux
Une dame fort bien lui trouve de beaux yeux)
Se promenait ainsi qu'en Grèce un jeune sage.
Un long reflet pensif éclairait son visage.
Hier à la mascotte il rivait sa jumelle
Sur une actrice affreuse et qui lui semblait belle ;
Et si j'en ai souri qu'il me pardonne vite,
Qu'il se moque de mon manteau, nous serons quitte !
Mais je ne voudrais pas de son ressentiment
Parce que ses deux sœurs, aux figures si belles[1].

« D'abord [...] Je ne pouvais vous distinguer les uns des autres ! » Le Narrateur des *Jeunes filles* notera, à l'arrivée sur la plage de la petite bande : « À vrai dire, je les voyais depuis si peu d'instants et sans oser les regarder fixement que je n'avais encore individualisé aucune d'elles[2]. » Delaunay qui « se promenait ainsi qu'en Grèce un jeune sage » annonce la question éperdue du Narrateur voyant se détacher les jeunes filles sur la mer : « Et n'était-ce pas de nobles et calmes modèles de beauté humaine que je voyais là, devant la mer, comme des statues exposées au soleil sur un rivage de la Grèce[3] ? »

C'est sur une même feuille de papier à en-tête du Grand Hôtel de Cabourg que Proust esquisse les propos de Saint-Loup (Montargis à cette époque de rédaction) sur les Guermantes et leur château[4].

1. La fin manque.
2. *Recherche*, t. II, p. 148.
3. *Ibid.*, p. 149.
4. Voir *ibid.*, p. 114.

LA GÉOGRAPHIE DE BALBEC : À CHACUN SA PLACE

Sur six plans différents, Proust a dessiné la courbe d'un bord de mer en y accrochant, serrées les unes contre les autres, les localités autour de Balbec. Rivebelle y trouve plusieurs localisations, mais de toute façon détachées du groupe compact des autres. Des notes numérotées rappellent au romancier la fonction de quelques-unes, telle Parville « où Albertine m'accompagne quelquefois », Maineville « où elle habite », La Sogne « où habite Elstir ».

Balbec plage se trouve à l'extrémité de cette courbe, Balbec le Vieux à l'autre bout, et à mi-distance entre les deux se situe Doncières. Cottard habite à Doville, les Chevreny à Épreville ; La Raspelière et les Cambremer se trouvent à Égleville. La Sogne, Maineville et Parville sont toutes proches. Il est précisé qu'à Saint-Mars-le-Vieux habite le baron de Charlus.

Dans la version publiée du roman, ces localités seront mentionnées comme autant de stations du petit train d'intérêt local, sans que soit toujours précisée la répartition des personnages du roman.

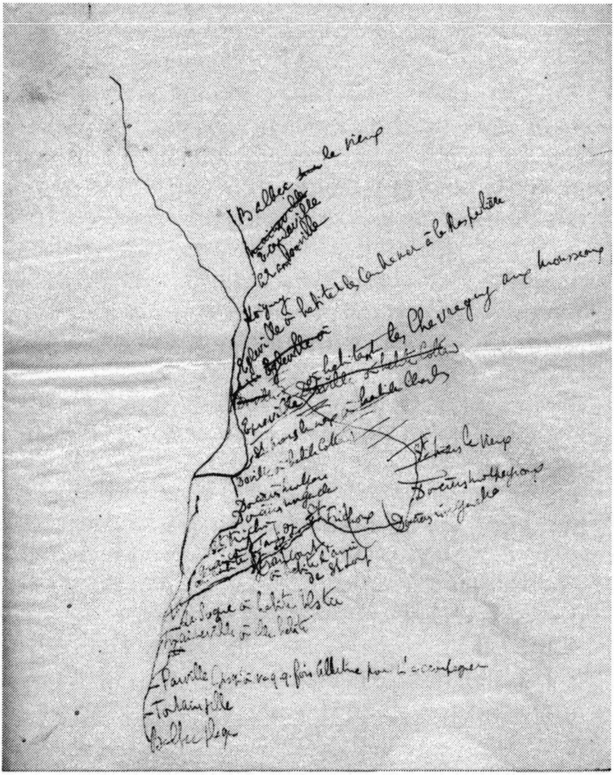

Plan de la côte normande autour de Balbec.

LA TOMAISON DES VOLUMES DE LA *RECHERCHE*

Aujourd'hui, nous lisons *À la recherche du temps perdu* en sept volumes. Il n'en fut pas ainsi au moment de la publication – et encore moins au moment de l'élaboration du cycle romanesque. *Du côté de chez Swann* devait être immédiatement suivi du *Côté de Guermantes*, dans l'édition programmée chez Bernard Grasset ; et les dernières parutions du vivant de Proust fractionnent les volumes, *Le Côté de Guermantes II-Sodome et Gomorrhe I* paraissant ensemble en 1921, *Sodome et Gomorrhe II* en 1922. C'est après la mort de Proust que le cycle romanesque fut redisposé en sept volumes correspondant aux titres, et l'on a pu soutenir[1] que le chiffre sept ainsi obtenu (correspondant symboliquement au septuor de Vinteuil) était artificiel et posthume par rapport aux intentions de Proust, qui aurait conçu un plus grand nombre de volumes.

Plusieurs correspondances inédites entre Proust et ses éditeurs, Grasset puis Gallimard, amènent à nuancer ces acquis.

L'idée aujourd'hui admise[2] est que Proust aurait été contraint par Bernard Grasset d'amputer son

1. Voir Nathalie Mauriac Dyer, « Le cycle de *Sodome et Gomorrhe* : remarques sur la tomaison d'*À la recherche du temps perdu* », *Littérature*, n° 92, 1988, p. 62-71.

2. Mais Francine Goujon avait déjà mis en doute cette idée admise dans son étude « Proust et ses épreuves : un drame œdipien », *Bulletin d'informations proustiennes*, n° 28, 1997, p. 79-97 – les lettres écrites à Proust par Bernard Grasset étant alors inconnues.

premier volume, *Du côté de chez Swann*, de quelque 200 pages afin de lui conserver une dimension acceptable. On pourrait le penser quand le romancier appelle, dans une riche lettre à Jacques Rivière du 6 février 1914, les dernières pages « cette parenthèse sur le Bois de Boulogne que j'ai dressée là comme un simple paravent pour finir et clôturer un livre qui ne pouvait pas pour des raisons matérielles excéder cinq cents pages[1] ». Pendant la fabrication du volume, une lettre, écrite à Bernard Grasset au début de juin 1913, mentionnait néanmoins déjà « la crainte que nous arrivions à la fin d'un volume de dimensions formidables sans que la matière du premier tome soit achevée. Or non seulement ce serait très ennuyeux ; mais si c'est inévitable, il y a avantage à le savoir parce que cela modifiera forcément les titres des parties etc., l'économie totale se trouvant modifiée pour que l'équilibre ne soit pas rompu[2]. »

Ainsi, la réalité est un peu différente. La question s'est réglée avec Bernard Grasset durant la première quinzaine de juillet 1913[3]. Le 2 juillet, Grasset répond à Proust :

> Je comprends très bien l'objection soulevée par vos amis : il est évident qu'un livre de 700 pages est de circulation assez difficile, mais d'autre part, il faut qu'un livre soit "un livre", c'est-à-dire une chose complète, se suffisant à elle-même. Le problème de la "fragmentation" ne peut donc être résolu que par vous-même, et

1. *Correspondance*, t. XIII, p. 99.
2. *Ibid.*, t. XII, p. 189-190.
3. Question qui avait été soulevée dès février 1913, comme le montre une lettre adressée à Grasset (*ibid.*, p. 98-100).

l'avis que je vais vous donner sur les deux solutions que vous me soumettez est donc évidemment subordonné à cette question de fragmentation que vous seul pouvez résoudre.

1° solution. *Tirer du volume de 700 pages, deux volumes de 350 pages, vendus ensemble*[1].

Cette solution ne me satisfait pas du tout ; elle présente en effet le même inconvénient de *matière*, et cet autre obstacle à la circulation, que le prix de la même matière est alors de 7 frs. au lieu d'être de 3,50. J'ajouterais qu'il est tout à fait hors d'usage actuellement de vendre des œuvres en plusieurs tomes, quand le premier tome ne constitue qu'un commencement, et que le second tome est la suite *nécessaire* du premier.

Cette fragmentation en deux livres de 350 pages serait possible, si les deux livres n'étaient pas vendus ensemble, solution qui n'est possible que si chacun des livres se suffit à lui-même ; évidemment, si cette condition pouvait être réalisée, la solution des deux livres de 350 pages, serait celle à laquelle nous devrions nous arrêter.

2° *Établir trois livres de 500 pages, le premier étant constitué par les deux tiers du volume de 700 pages ; le second par un tiers du premier et un tiers du second, et le 3e par les deux derniers tiers du second*[2].

1. Proust s'ouvre de cette proposition dans une lettre qu'il adresse, au même moment, à Louis de Robert qui a été son intercesseur : « Le volume n'aura pas huit cents pages, mais environ six cent quatre-vingts. Si vous y attachez une énorme importance, je me résignerai peut-être à le couper pas tout à fait au milieu et à le faire de cinq cents pages environ » (*ibid.*, p. 217-218).

2. Dans la seconde quinzaine de mai 1913, Proust, en renvoyant les épreuves du premier volume, avait donné cette précision : « Le livre s'appellera : *Du côté de chez Swann* pour le premier volume. Pour le second probablement : *Le Côté de Guermantes*. Le titre

C'est à mon avis la solution à laquelle nous devrons nous arrêter si la fragmentation en quatre livres de 350 pages, *de circulation séparée* n'est pas possible, mais ici encore, c'est vous qui devez rester juge, pour la raison que je vous donnais plus haut.

En résumé, cher Monsieur, j'estime que la vente conjointe de plusieurs tomes est une solution impossible ; tout le problème réside dans la fragmentation en tomes, contenant chacun un nombre de pages aussi voisin que possible de trois à quatre cents, et de circulation séparée[1].

Il résulte du début de la lettre que le raccourcissement de *Du côté de chez Swann* a été envisagé à l'initiative de Proust (à l'instigation de son entourage, qui se résume peut-être à Louis de Robert). La lettre suivante de Bernard Grasset, datée du 12 juillet 1913, fait apparaître que Proust a choisi la seconde solution :

Donc, suivant ce qui m'a été dit par téléphone, vous adoptez la solution des 3 livres de 500 pages[2]. C'est évidemment une des bonnes solutions.

---

général des deux volumes : *À la recherche du temps perdu* » (*ibid.*, p. 176).

1. Toutes les expressions soulignées le sont par Bernard Grasset.

2. Mais Louis de Robert avait incité Proust, au même moment, à choisir la première solution, la moins bien agréée par Grasset : « j'insiste de la façon la plus pressante : *faites deux volumes de 350 pages*. Ce ne seront pas des petits volumes, comme vous dites, mais des volumes déjà très compacts et lourds et si riches ! » (*ibid.*, p. 219 ; voir aussi p. 239). Dans une lettre à Grasset toute voisine de celle de Grasset que nous lisons ici, puisqu'il y est également question du 45e placard auquel s'arrêter, Proust semble encore ne songer qu'à ne pas dépasser les 700 pages : « je vois maintenant que j'ai reçu toutes les premières épreuves, que le volume aurait plus de 700 pages, chiffre que nous avons dit ne pas pouvoir dépasser. Je vais donc être obligé de reporter au commencement du deuxième volume ce que je

J'ai écrit aujourd'hui même à mon imprimeur, pour qu'il m'envoie la mise en page de la feuille 45, comme vous me l'avez fait demander.

Il est donc entendu que vous me renverrez corrigées les 500 premières pages destinées à constituer notre premier livre, après y avoir fait toutes les modifications destinées à en assurer l'unité.

Par ailleurs, le fractionnement de *Sodome et Gomorrhe* entre la suite du *Côté de Guermantes* et les trois volumes de l'année suivante ne répond pas nécessairement à un projet esthétique raisonné de la part de Proust, comme on a pu parfois le prétendre. C'est ce que suggère le témoignage capital – nous le soulignons – contenu dans une lettre de Gaston Gallimard à Robert Proust datée du 26 mars 1923, et proposant de réunir dans une seule section tout ce qui appartient à *Sodome et Gomorrhe* :

Sans doute savez-vous maintenant dans quelles conditions et avec quelles difficultés matérielles s'est faite l'impression des œuvres de Marcel. Étant donné sa façon de travailler, cette refonte complète de son œuvre, au cours même de la fabrication, il était impossible de prévoir au moment de mettre un livre en composition, quelle serait sa densité, son nombre de pages.

Aussi est-il proposé d'harmoniser le tout :

Nous ne changerions rien pourtant aux grandes divisions de l'ouvrage [...]. Je vous proposerai seulement de composer le tome qui comprend *Guermantes II* sans

croyais la fin de celui-ci (une bonne dizaine de placards). Mais vous êtes vous-même trop un artiste, pour ne pas comprendre qu'une fin n'est pas une simple terminaison et que je ne peux pas couper cela aussi facilement qu'une motte de beurre » (*ibid.*, p. 233).

> les premières pages de *Sodome et Gomorrhe* qui seraient incorporées avec la suite de cette partie de l'ouvrage.
> *Marcel avait parfois regretté d'avoir joint ces pages aux précédentes*[1]. En effet ce regroupement est arbitraire. Il a pu avoir sa raison pour indiquer la liaison entre toutes les parties de l'œuvre, mais aujourd'hui cette continuité est assez connue pour qu'il me paraisse raisonnable et conforme aux désirs de l'auteur de revenir à une édition plus rationnelle. Bien des lecteurs se plaignent de ne pouvoir mettre entre toutes les mains un livre qui sans cela pourrait l'être. Il en résulte en outre une complication pour les titres qui n'est pas sans créer de la confusion et nuire à la vente.

La raison morale est à noter : rendre plus autonome et abordable le troisième volume de la *Recherche*, *Le Côté de Guermantes*, séparé de *Sodome et Gomorrhe*. Mais sans doute des conversations ou des lettres perdues témoigneraient-elles que Proust, passé le premier souci de faire comprendre qu'il ne s'agissait jamais de romans indépendants, mais de sections à lire en continuité, était loin de tenir à la solution adoptée en 1921-1922. L'unification en sept volumes ne résulte pas d'une décision purement posthume : elle révèle les intentions de l'auteur, et son esthétique.

LES CRIS DE PARIS

Un document pittoresque a été conservé dans le fonds de Fallois. Il révèle que, pour composer le fameux passage de *La Prisonnière* où le héros et Albertine entendent, depuis l'appartement, les divers cris des marchands des rues[2], Proust a dépêché son

1. Nous soulignons.
2. Voir *Recherche*, t. III, p. 624-626.

concierge pour en écouter et les relever. La signature de celui-ci, A. Charmel, permet de dater cette enquête de l'époque où Proust, chassé du boulevard Haussmann, réside chez Jacques Porel, le fils de l'actrice Réjane, 8bis rue Laurent-Pichat, du 31 mai au 1er octobre 1919. Charmel est nommé dans une lettre à Jacques Porel du 23 septembre[1], et Porel lui-même l'évoque dans ses Mémoires comme « un concierge octogénaire et teint en blond qui avait l'air d'un vieux marquis tombé dans la dèche[2] ». Dans la *Recherche*, Charmel est le nom du valet de pied du baron de Charlus[3], qui voudrait bien attribuer ce nom à Morel[4]. Voici ce que disent ces notes (dont nous conservons l'orthographe et la graphie d'origine) :

Avec un harmonica ou un flutiau jouant des airs de son pays passe le chevrier

La valence, la belle Valence, la fraiche orange.

Paris sport l'Intran[sigeant] la Presse

L'Intran, l'inter, la liberté Paris-sport

Voici Monsieur quelques-uns des cris les plus usuels et dont j'ai pu me rappeler, regrettant de ne pouvoir vous donner les airs et l'intonation pour ainsi dire inimitable qui caractérisent ces cris. Il y a encore le repasseur qui passe avec une cloche en criant Couteau, ciseaux rasoirs

le repasseur de scies qui se contente de crier – Avec des scies à repasser v'la le repasseur

Je suis content de pouvoir vous adresser ces quelques notes et je vous prie d'agréer Monsieur avec tous mes remerciements mes salutations empressées.

A. Charmel

1. *Correspondance*, t. XVIII, p. 401.
2. Jacques Porel, *Fils de Réjane. Souvenirs*, t. I, Paris, Plon, 1951, p. 331.
3. Voir *Recherche*, t. II, p. 847.
4. *Ibid.*, t. III, p. 449.

Différents cris de Paris
Tonneaux — oh tonneaux V'la le chaud[1] des tonneaux !
Vitri-er (bis)
À la moule fraiche et bonne àhhh la moule
V'la le maquereau frais V'la le maquereau
Merlan à frire, à frire
J'ai du bon mourron pour les p'tits oi-seaux
Harchands d'habits, chiffons ferraille à vendre
avec une crécelle Amusez-vous Mesdames, y [a] la le plaisir
Avec une corne
Avez-vous des chaises à canner à rempailler, v'la le rempailleur
Avec une trompette
Tond les chiens, coupe les chats les queues et les oreilles
Bon fromage à la crème bon fromage
Ah la tendresse à la verduresse Artichauds verts et tendres artichauds
Pois verts, pois verts au boisseau pois verts.
Haricots verts et tendres Haricots
Avec une trompette Raccommodeur de faience et porcelaine

Voilà le réparateur
De fayence et de porcelaine
Je rèpare le verre
le marbre le cristal
l'or l'ivoire l'albatre
et objets d'antiquité
Voilà le réparateur [...]

1. « Le chaud » au sens de « coureur de belles, homme ardent et résolu » (Lorédan Larchey, *Dictionnaire de l'argot parisien*, 1872). Sens plus improbable : tonneaux sortant des mains du tonnelier, tout neufs.

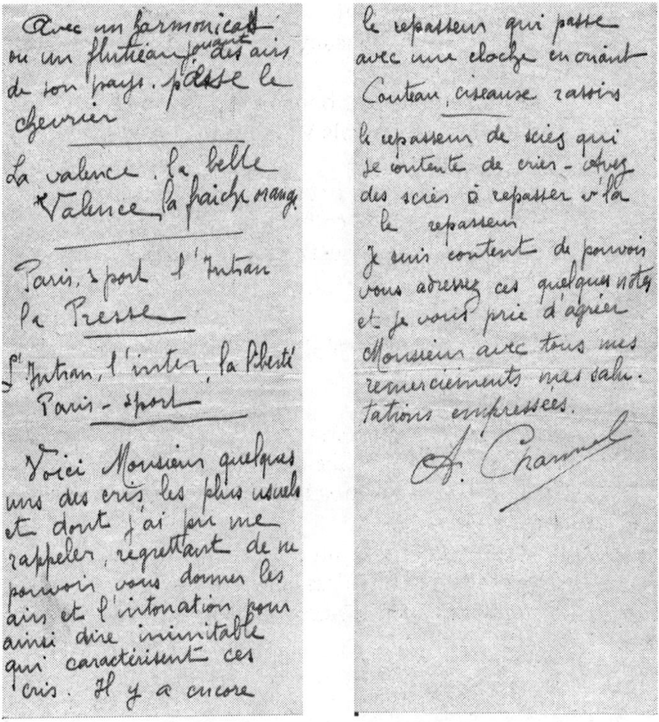
Avec un harmonica ou un flutiau jouant des airs de son pays. passe le chevrier

La valence. la belle Valence, la fraiche orange

Paris-sport l'Intran la Presse

l'Intran, l'inter, la liberté Paris-sport

Voici Monsieur quelques uns des cris les plus usuels et dont j'ai pu me rappeler, regrettant de ne pouvoir vous donner les airs et l'intonation pour ainsi dire inimitable qui caractérisent ces cris. Il y a encore

le repasseur qui passe avec une cloche en criant Couteau, ciseause rasoirs

le repasseur de scies qui se contente de crier – avez des scies à repasser v'la le repasseur

Je suis content de pouvoir vous adressez ces quelques notes et je vous prie d'agréer Monsieur avec tous mes remerciements mes salutations empressées.

A. Chamuel

Notes du concierge de Proust sur les cris de Paris.

Différents cris de Paris

Tonneaux — oh tonneaux
V'la le marchand de tonneaux !

la Vitri-er (bis)

A la moule fraîche et bonne
ah !! la moule

V'la le maquereau frais
V'la le maquereau

Merlan à frire, à frire

J'ai du bon mouron
pour les p'tits oi-seaux

Marchand d'habits, chiffons
ferraille à vendre
avec une crécelle
Amusez-vous Mesdames, V'la le plaisir

Avec une corne

Avez-vous des chaises à
~~rempailler~~ cannez à rempailler
V'la le rempailleur

Avec une trompette

Tond les chiens, coupe les
chats les queues et les
oreilles

Bon fromage à la crème
bon fromage

Ah la tendresse à la verdure
Artichauts verts et tendres
artichauts

Pois verts, pois verts au
boisseau pois verts.

Haricots verts et tendres
Haricots

Avec une trompette
Raccommodeur de faïence
et porcelaine

musique petit fifre

Voilà le réparateur
de fayence et de porcelaine
Je répare le verre
le marbre le cristal
l'os l'ivoire l'albatre
et objets d'antiquité
Voilà le réparateur

Voilà le tondeur de chie
tondeur de chi
Voilà le coupeur de cha
coupeur de chat

Racommodeur de chaises
rempailleur
Voilà le racommodeur
Rempailleur

LE HÉROS, « MARCEL » ET PROUST

Le rapport problématique entre le héros de la *Recherche* et Proust a suscité beaucoup d'analyses et de réflexions. Le romancier lui-même accentue cette interrogation en faisant appeler son héros Marcel dans quelques passages de *La Prisonnière*[1], assortis de cette concession ambiguë : « ce qui, en donnant au narrateur le même prénom qu'à l'auteur, eût fait[...] », qui retire l'information tout en la livrant. Le lecteur est encore déconcerté par une note dans *Le Temps retrouvé*, apposée à la phrase : « J'avais eu de la facilité, jeune, et Bergotte avait trouvé mes pages de collégien "parfaites[2]" », note semblant détonner dans une autobiographie *fictive :* « Allusion au premier livre de l'auteur, *Les Plaisirs et les Jours* ».

Le prénom de Proust réapparaît sur un papier qui esquisse une conversation entre le marquis de Norpois et la marquise de Villeparisis, entendue à leur insu par le héros à Venise[3] :

> Il y avait chez lui un écrivain français qui a comparé d'Annunzio voulant relier ces morceaux épars de l'Italie à Dante et même à Virgile. Il a fait un pastiche très réussi de Virgile où Énée passe à Fiume et évoque d'Annunzio. Cet écrivain s'appelle Marcel, je ne me rappelle plus le nom.

1. Voir *Recherche*, t. III, p. 583 et 663.
2. *Ibid.*, t. IV, p. 618.
3. Voir la scène équivalente (mais sans la mention du héros) dans *La Fugitive*, *Recherche*, t. IV, p. 209-218.

Ce manuscrit retrouvé correspond à la version du séjour à Venise confiée en prépublication aux *Feuillets d'art*. Alberto Beretta Anguissola souligne qu'il doit s'agir de Marcel Boulanger, collaborateur assidu de *Feuillets d'art*, auquel Proust fait un pied de nez[1]. Le Narrateur de *La Prisonnière* s'étant fait appeler Marcel par Albertine, une ambiguïté persiste...

MOURIR

Une esquisse destinée à la fin du *Temps retrouvé*, que Proust appelle le « morceau mourir » et qu'il juge capitale, serait à placer « quand je parle des idées que j'ai et que je dois loger dans un livre avant de mourir » :

> Mourir ? Mais cette idée elle-même que je vais mettre dans le livre où elle restera, n'est-elle pas une part de moi-même. Donc cette part-là ne mourra pas. Or n'est-elle pas la plus importante puisque c'est à elle qu'a abouti toute mon expérience familiale, amoureuse, mondaine[2] ; sans doute dans le livre le lien sera rompu qui existe maintenant entre elle et la conscience que j'ai d'être malade, de dormir mal, d'être volage en amour. Mais ne me suis-je pas rendu compte par Bergotte que tout cela n'a pas d'importance, n'ai-je pas essayé de m'en dégager pour former ces idées, et au contraire ne puis-je pas craindre qu'elles en portent plus trop que trop peu la marque.

1. *Dictionnaire Marcel Proust*, publié sous la direction d'Annick Bouillaguet et Brian G. Rogers, Paris, Champion, « Dictionnaires et références », 2004, rééd. 2014, art. « D'Annunzio (Gabriele) [1863-1938] ».
2. Var. : *philosophique*.

DOSSIER

CHRONOLOGIE

1871. *10 juillet* : naissance de Marcel Proust à Auteuil, au 96 rue La Fontaine, fils aîné d'Adrien Proust (1834-1903), agrégé et professeur de médecine à la Faculté de Paris, originaire d'Illiers (Eure-et-Loir), et de Jeanne Weil (1849-1905), fille d'un riche agent de change juif. Proust est baptisé (le *5 août* à l'église Saint-Louis d'Antin) et élevé dans le catholicisme de son père.

1873. *24 mai* : naissance à Auteuil de Robert Proust (1873-1935), frère cadet de Marcel, qui deviendra chirurgien et professeur de médecine à la Faculté de Paris, et publiera les trois derniers volumes d'*À la recherche du temps perdu* après la mort de l'écrivain (1922-1927). *1er août* : la famille s'installe au 9 boulevard Malesherbes. Le docteur Adrien Proust lauréat de l'Institut pour son *Essai sur l'hygiène internationale*.

1874. Le docteur Proust délégué à la Conférence sanitaire internationale de Vienne.

1877. Le docteur Proust signe la préface à son *Traité d'hygiène* publié chez Masson ; il est chargé en *juin* du service médical à l'hôpital Lariboisière.

1878. Vacances à Illiers.

1879. Le docteur Adrien Proust élu membre de l'Académie de médecine.

1880. *6 septembre* : Proust séjourne à Dieppe.

1881. Première crise d'asthme au *printemps,* en rentrant du Bois de Boulogne. Marcel et Robert assistent en *novembre* au mariage de Daniel Mayer, cousin germain de leur mère, et de Marguerite Lévy, au temple de la rue de la Victoire. Proust va au théâtre pour la première fois.

1882. *2 octobre* : entrée en cinquième (division D) au lycée Condorcet (lycée Fontanes à l'époque).

1883. *27 janvier* : le lycée Fontanes reprend le nom de lycée Condorcet. *3 août* : Proust remporte un deuxième prix en sciences naturelles, un quatrième accessit en thème latin et un cinquième accessit en langue française. Adrien Proust publie *Le Choléra, étiologie et prophylaxie*.

1884. *30 mars* : le docteur Proust nommé inspecteur général des Services sanitaires. *Août* : vacances à Houlgate ; leçons de grec. Entre en *octobre* en classe de 3e A au lycée Condorcet.

1885. *Octobre* : Adrien Proust est nommé professeur d'hygiène à la Faculté de médecine. *Décembre* : Proust interrompt son année scolaire.

1886. Séjour en *automne* à Illiers pour la succession de la tante Élisabeth Amiot. Proust redouble la classe de seconde. Répond au questionnaire dans l'album d'Antoinette Faure. *Mars* : écrit « L'éclipse », une narration sur Christophe Colomb.

1887. Joue presque tous les jours, au *printemps* et en *été,* avec Marie de Benardaky aux Champs-Élysées. Participe en *juillet* au concours général d'histoire et de grec. Reçoit le deuxième prix en histoire et géographie, le second accessit d'excellence, le premier accessit de langue latine et le quatrième accessit de composition française. Entre en *octobre* en classe de rhétorique.

1888. Participe avec ses camarades du lycée Condorcet à *La Revue verte* (secrétaire de rédaction) puis à *La Revue lilas*. Prix d'honneur en composition française. Manifeste ses sentiments amoureux à Jacques Bizet et Daniel Halévy. Entre en *octobre* dans la classe de philosophie d'Alphonse Darlu (1849-1921). *13 octobre* : voit *Athalie* de Racine à l'Odéon. Fait la cour à Laure Hayman.

1889. *16 janvier* : Ernest Renan dîne chez les Proust ; Marcel envoie chez Renan ses œuvres pour les faire dédicacer. *19 mars* : mort de sa grand-mère paternelle, Virginie Torcheux. *15 juillet* : bachelier ès lettres ; prix d'honneur en dissertation française. *Septembre* : séjour à Ostende chez les Finaly. Entrée dans les salons à l'*automne* : chez Mme Arthur Baignères, Mme Arman de Caillavet (égérie d'Anatole France), Mme Straus, veuve de Georges Bizet. Engagement pour un an en *novembre* au service militaire, incorporé au 76e régiment d'infanterie à Orléans, comme soldat de 2e classe ; admis au peloton d'instruction en *décembre*.

1890. *2 janvier* : envoie une lettre d'admiration à Anatole France. *3 janvier* : mort de sa grand-mère maternelle, Adèle Berncastel, Mme Nathé Weil, grande lectrice et pianiste. Apprend durant l'*été* à monter à cheval, mais renonce à la suite d'une chute. Séjour à Cabourg en *septembre*. Robert Proust reçu au baccalauréat ès sciences le *16 septembre*, et au baccalauréat ès lettres le *19 septembre*. Libéré le *15 novembre*, Marcel s'inscrit à l'École libre des sciences politiques.

1891. *Janvier* : inscription à la Faculté de droit. *Mai* : première rencontre avec André Gide. Séjour à Cabourg en *septembre*. *1er octobre* : à Trouville, aux « Frémonts », dans la famille d'Arthur Baignères. Jacques-Émile Blanche fait son portrait au crayon. *5 novembre* : réinscription à la Faculté de droit. *Décembre* : Adrien Proust envoyé à la Conférence sanitaire internationale de Venise.

1892. *7 janvier* : garçon d'honneur au mariage d'Henri Bergson avec Louise Neuburger. *8 janvier* :

réinscription à la Faculté de droit. Fondation de la revue mensuelle *Le Banquet* à laquelle participe Proust. *4 mars* : réinscription à la Faculté de droit. Publie en *avril, mai* et *juillet* des études dans *Le Banquet*. *22-25 juin* : passe des examens oraux à l'École libre des sciences politiques. *4-5 août* : examens à la Faculté de droit. En *août* chez les Baignères à Trouville. Proust écrit en *septembre* « Violante ou la mondanité » et « La mer » ; Anatole France lui dédie la nouvelle « Madame de Luzy » dans *L'Étui de nacre*. *5 novembre* : examen de droit. Études publiées dans *Le Banquet* en *novembre*. Remplit un questionnaire dans un album en *fin d'année*.

1893. *25 janvier* : réinscription à la Faculté de droit. Publie en *février* dans *Le Banquet* « Violante ou la mondanité ». *19 février* : aux conférences de carême de l'abbé Vignot à l'école Fénelon. *1er mars* : bachelier en droit. Réinscription à la Faculté de droit. *13 avril* : présenté lors d'un dîner chez Madeleine Lemaire à Robert de Montesquiou, qui lui envoie un exemplaire des *Chauves-souris*. Robert Proust est reçu en *mai-juin* à la licence ès lettres. Publie des études dans *La Revue blanche* en *juillet-août*. *29 juillet* : reçu à un examen de droit. En *août*, projet d'écrire un roman à quatre plumes avec Louis de La Salle, Fernand Gregh et Daniel Halévy ; il passe trois semaines à Saint-Moritz et écrit « Mélancolique villégiature de Mme de Breyves », que *La Revue blanche* publie le *15 septembre*. *6 septembre* : à Trouville à l'hôtel des Roches-Noires avec sa mère, pour plusieurs semaines. *10 octobre* : licencié en droit ; fait un stage comme clerc d'avoué chez maître Gustave Brunet. *5 novembre* : Madeleine Lemaire accepte d'illustrer le livre qu'il prépare (*Les Plaisirs et les Jours*, d'abord intitulé *Le Château de Réveillon*). *1er décembre* : publie six études dans *La Revue blanche*.

1894. *21 février* : Robert Proust nommé interne titulaire.

Fondation en *février* de l'Académie des Canaques avec Marie de Heredia. Compose en *mai-juin* des vers sur Watteau destinés à « Portraits de peintres ». *22 mai* : rencontre Reynaldo Hahn chez Madeleine Lemaire. *30 mai* : fête littéraire à Versailles chez Robert de Montesquiou, parution le lendemain de la chronique de Proust dans *Le Gaulois*. Signe en *juillet* la préface à son livre (*Les Plaisirs et les Jours*). Écrit en *août* des vers sur Van Dyck pour les « Portraits de peintres ». Séjourne un mois au château de Réveillon chez Madeleine Lemaire avec Reynaldo Hahn ; projet d'écrire avec celui-ci une biographie de Chopin ; lit *Anna Karénine* de Tolstoï. *Du 27 août au 3 septembre* écrit « Mélomanie de Bouvard et Pécuchet ». À la *mi-septembre* séjourne aux Roches-Noires de Trouville avec sa mère ; écrit deux textes sur le clair de lune ainsi que « La mort de Baldassare Silvande ». Suit à *l'automne* des leçons de Darlu pour préparer la licence de lettres à option philosophie. *9 décembre* : entend avec son frère au Conservatoire la 5e symphonie de Beethoven. *17 décembre* : remet en retard un devoir sur Socrate à Victor Egger. *Fin décembre* : introduit par Reynaldo Hahn chez les Daudet.

1895. *5 janvier* : dégradation du capitaine Alfred Dreyfus. *14 janvier* : *Le Gaulois* publie « Un dimanche au Conservatoire ». *19 janvier* : lit Emerson « avec ivresse ». *1er mars* : assiste au banquet donné en l'honneur de l'attribution de la Légion d'Honneur à Edmond de Goncourt. *27 mars* : licencié ès lettres. Cherche en *mai* à faire accepter par *Le Gaulois* des morceaux du *Château de Réveillon*, qui deviendra *Les Plaisirs et les Jours*. *6 juin* : commence pour quelques semaines à travailler comme attaché à la Bibliothèque Mazarine, au dépôt légal. *18 juin* : chez Madeleine Lemaire Mlle Bartet récite les vers des « Portraits de peintres » avec accompagnement musical de Reynaldo Hahn. *21 juin* : *Le Gaulois* publie les « Portraits de peintres ». Séjour en *juillet* à Kreuznach, ville d'eaux en Prusse rhénane ; commence à y travailler à *Jean Santeuil*. *10 août* : avec Reynaldo Hahn à Dieppe chez Madeleine Lemaire ; y rencontre Camille Saint-Saëns le *21 août*. Séjourne *début septembre* à Belle-Île-en-Mer dans le Morbihan avec Reynaldo Hahn ; ils s'installent à l'hôtel Frémont de Beg-Meil, où ils rencontrent le peintre américain Harrison. *29 octobre* : *La Revue hebdomadaire* publie « La mort de Baldassare Silvande ». *Fin octobre*, séjourne au château de Réveillon où il écrit « Les marronniers ». *Fin novembre* : écrit « Chardin ou le cœur des choses », après une visite au Louvre. Il propose son essai, ainsi que « Contre l'obscurité », à *La Revue hebdomadaire début décembre*. *Fin décembre* : tente de négocier avec Calmann-Lévy la publication des *Plaisirs et les Jours*.

1896. *1er mars* : « L'indifférent », nouvelle de Marcel Proust, paraît dans *La Vie contemporaine*. Fait lire en *mars* le début de son roman *Jean Santeuil* à Léon Yeatman. *28 mars* : corrige sur placards *Le Château de Réveillon*. *15-17 avril* : nouvelles épreuves avec nouveau titre : *Les Plaisirs et les Jours*. *21 avril* : Anatole France signe la préface au livre. *10 mai* : mort de Louis Weil, oncle de Mme Proust. *12 juin* : publication des *Plaisirs et les Jours*. *30 juin* : mort de Nathé Weil, père de Mme Proust. *15 juillet* : *La Revue blanche* publie « Contre l'obscurité ». Publication en *août* de *L'Hygiène de l'asthmatique* d'Édouard Brissaud chez Masson avec une préface (et dans la collection) d'Adrien Proust. Au Mont-Dore en *août*. *Début septembre* : a écrit 90 pages de son roman *Jean Santeuil*. À Fontainebleau en *octobre*. Travaille assidûment à son roman durant tous les derniers mois de l'année.

1897. *6 février* : duel avec Jean Lorrain, à la suite

d'insinuations sur ses relations avec Lucien Daudet. Second séjour en *août* à Kreuznach. Publication en octobre chez Masson de *L'Hygiène du neurasthénique* par Adrien Proust et Gilbert Ballet. *16 décembre* : mort d'Alphonse Daudet.

1898. *Janvier* : recueille des signatures (notamment celle d'Anatole France) pour une pétition demandant la révision du procès de Dreyfus, qui paraît dans *L'Aurore* le *14 janvier*. *7-23 février* : assiste au procès de Zola à la Cour d'assises et s'en inspire dans *Jean Santeuil*. Mme Proust est opérée d'un cancer en *juillet*. Voyage en Hollande en *octobre*. Écrit en *novembre* un article sur la maison de Gustave Moreau transformée en musée.

1899. Découvre en *mai L'Art religieux du XIIIe siècle en France* d'Émile Mâle. Séjour à Évian *début septembre*. *19 septembre* : Alfred Dreyfus est gracié. Commence en *octobre* à lire des livres de Ruskin (*Les Sept Lampes de l'architecture*). Abandonne *Jean Santeuil*, à part quelques ajouts en 1902 et 1903.

1900. *20 janvier* : mort de John Ruskin à Londres. *Le Figaro* du *13 février* publie ses « Pèlerinages ruskiniens en France ». Proust entreprend de traduire *La Bible d'Amiens* de Ruskin avec l'aide de sa mère et de Marie Nordlinger, cousine de Reynaldo Hahn. *1er mars* : considéré comme démissionnaire de son poste à la Bibliothèque Mazarine. Publie en *avril* et *août* des parties de la future préface à *La Bible d'Amiens* dans la *Gazette des Beaux-Arts* et le *Mercure de France*. Voyage en *mai* à Venise avec sa mère, rencontrent Reynaldo Hahn et Marie Nordlinger ; visite de l'Arena à Padoue pour voir les fresques de Giotto. Second séjour, seul, à Venise en *octobre* ; la famille déménage au 45 rue de Courcelles. *7 décembre* : assiste au cours d'ouverture d'Henri Bergson au Collège de France.

1902. *3-20 octobre* : voyage en Belgique et en Hollande.

1903. *2 février* : mariage de Robert Proust avec Marthe Dubois-Amiot à l'église Saint-Augustin. *15 février* : *La Renaissance latine* publie un fragment de *La Bible d'Amiens* dans la traduction de Proust. *25 février* : *Le Figaro* publie « Le salon de la princesse Mathilde ». *11 mai* : *Le Figaro* publie « Le salon de Mme Lemaire ». *6 septembre* : *Le Figaro* publie « Le salon de la princesse de Polignac ». *7-14 novembre* : « Dante Gabriel Rossetti et Elisabeth Siddal » paraît dans *La Chronique des Arts*. Écrit en *septembre* son article « La mort des cathédrales », contre le projet d'Aristide Briand de séparation de l'Église et de l'État. *26 novembre* : mort d'Adrien Proust, foudroyé le 24 par une hémorragie cérébrale. *Début décembre* : corrige les épreuves de *La Bible d'Amiens*.

1904. *4 janvier* : *Le Figaro* publie « Le salon de la princesse d'Haussonville ». *7 février* : commence à travailler à une préface pour la traduction de *Sésame et les lys* de John Ruskin. *27 février* : parution de *La Bible d'Amiens*, traduit par Marcel Proust, au Mercure de France. *23 avril* : *La Chronique des Arts* publie « Une miniaturiste du Second Empire ». *13 mai* : *Le Figaro* publie « Le salon de la comtesse Potocka ». *22 juin* : Robert Proust reçu à l'agrégation en chirurgie. *16 août* : *Le Figaro* publie « La mort des cathédrales ». *14 novembre* : assiste au mariage d'Armand de Guiche et d'Élaine Greffulhe : pourrait avoir été filmé à la sortie de la cérémonie, dans l'escalier de la Madeleine.

1905. *1er mars* : la revue *Les Arts de la vie* publie la première partie des « Trésors des rois » de John Ruskin dans la traduction de Proust. *15 avril* : publication de la deuxième partie. *7 mai* : *Le Figaro* publie « Le salon de la comtesse de Guerne ». *15 mai* : troisième partie des « Trésors des rois » dans *Les Arts de la vie*. *15 juin* : « Sur la lecture » paraît dans *La Renaissance latine*. *26 septembre* : mort de Jeanne Proust. *11 décembre* : promulgation de la loi de Séparation de l'Église et de l'État. *Début décembre* : Proust entre dans la clinique du docteur Paul Sollier à Boulogne-sur-Seine.

1906. *24-25 janvier* : retour à l'appartement du 45 rue de Courcelles. *2 juin* : parution de la traduction de *Sésame et les lys* de John Ruskin par Marcel Proust. *12-14 juillet* : réhabilitation de Dreyfus. *6 août* : s'installe à l'hôtel des Réservoirs à Versailles, jusqu'au *27 décembre*. *23 août* : mort de Louis Weil. Proust fait préparer son emménagement dans l'appartement de celui-ci, 102 boulevard Haussmann.

1907. *1er février* : *Le Figaro* publie « Sentiments filiaux d'un parricide », sur le suicide d'Henri van Blarenberghe qui vient de tuer sa mère le 24 janvier. *20 mars* : *Le Figaro* publie « Journées de lecture ». *15 juin* : *Le Figaro* publie l'article sur *Les Éblouissements* d'Anna de Noailles. *Début août* : part pour Cabourg, dont le nouveau Grand Hôtel vient d'être inauguré, jusqu'à *fin septembre*. *19 novembre* : *Le Figaro* publie « Impressions de route en automobile », relatant un périple en Normandie avec Alfred Agostinelli pour chauffeur.

1908. *Début janvier* : premières esquisses d'épisodes préparant la future *Recherche du temps perdu*. À la suite de l'arrestation et de l'interrogatoire de l'escroc Lemoine, à la *mi-janvier*, Proust entreprend une série de pastiches sur l'affaire : Balzac, Faguet, Michelet, Edmond de Goncourt dans *Le Figaro* du *22 février*, Flaubert et Sainte-Beuve le *14 mars*, Renan le *21 mars*. *14 avril* : souhaiterait faire paraître chez Calmann-Lévy la série des pastiches. *18 juillet* : deuxième séjour à Cabourg, jusqu'à *fin septembre*. Consigne pour son roman une liste de « pages écrites ». Séjourne à Versailles jusqu'à *début novembre*. *Mi-décembre* : projette un essai contre la méthode biographique de Sainte-Beuve.

1909. *Début d'année* : tâche de réunir ses pastiches. *6 mars* : *Le Figaro* publie le pastiche d'Henri de Régnier sur l'affaire Lemoine. *Avril* : dit achever l'étude critique sur Sainte-Beuve. *23 mai* : demande à Georges de Lauris si le nom de Guermantes est éteint et « à prendre pour un littérateur ». *Juin-juillet* : travaille à son roman, encore appelé *Sainte-Beuve*. *Mi-août* : part pour Cabourg, où il séjourne jusqu'à *fin septembre*. Donne en *novembre* les 200 premières pages de « Combray » à lire à Reynaldo Hahn ; en fournit trois cahiers à Georges de Lauris *début décembre*.

1910. *Premiers mois* : travaille à « un long roman » (la *Recherche*), notamment « Combray » et « Un amour de Swann » mais bien au-delà aussi. A fait tapisser de liège les murs de sa chambre pour l'insonoriser. *Début juin* : découverte des Ballets russes. *11 juillet* : reprend le manuscrit de « Combray » au *Figaro*. *17 juillet* : part pour Cabourg, jusqu'à *fin septembre*. *2 novembre* : relit une ancienne nouvelle de lui, « L'indifférent », pour nourrir « Un amour de Swann ».

1911. *Février* : écoute à distance des concerts grâce au théâtrophone : Wagner, et *Pelléas et Mélisande* de Debussy qui l'enthousiasme. *Avril* : se met en rapport avec l'écrivain Louis de Robert qui le conseille pour la publication de son roman. *11 juillet* : part pour Cabourg jusqu'à *fin septembre*. Dicte une partie de son roman à la sténodactylographe attachée au Grand Hôtel, Miss Cecilia Hayward. *5 décembre* : assiste à une exposition chinoise chez Durand-Ruel. *Fin décembre* : pertes en valeurs boursières « énormes ».

1912. *Janvier* : Cecilia Hayward se propose à Paris pour dactylographier la suite du *Temps perdu* (actuelle première moitié du roman) ; Proust se fait aider par Albert Nahmias. *Le Figaro* publie en avant-première plusieurs passages de *Du côté de chez Swann* :

« Épines blanches, épines roses » le *21 mars*, « Rayon de soleil sur le balcon » le *4 juin*, « L'église de village » le *3 septembre*. *Mars-avril* : envisage de publier son roman en deux volumes avec des titres différents. *Avril* : excursion en automobile, avec son chauffeur Odilon Albaret, à Rueil : ils sont pris pour la bande à Bonnot. *Juillet* : s'abonne à *La Nouvelle Revue Française* sur le conseil d'Antoine Bibesco. *7 août* : départ pour Cabourg jusqu'en *septembre*. *Octobre-novembre* : démarches pour publier son premier volume auprès de Fasquelle et *La NRF*. *Fin décembre* : refus de la publication par Fasquelle et Gallimard ; démarche auprès d'Ollendorff.

1913. *Fin janvier* : visite documentaire à la Sainte-Chapelle et à Notre-Dame. *Février* : la maison Ollendorff refuse la publication. Proust contacte alorsBernard Grasset par l'entremise de René Blum ; le contrat est signé le *11 mars*, pour une publication de *Du côté de chez Swann* à compte d'auteur. *25 mars* : *Le Figaro* publie « Vacances de Pâques ». *19 avril* : entend la sonate pour piano et violon de César Franck, jouée par Paul Goldschmidt et Georges Enesco, qui inspire en partie celle de Vinteuil : le personnage est créé sur épreuves. *Mai* : représentations des Ballets russes. *Mi-mai* : premiers placards corrigés de *Du côté de chez Swann*. *30 mai* : Alfred Agostinelli et sa compagne Anna s'installent chez Proust. *26 juin* : départ pour Cabourg, brusque retour sans ses bagages avec Agostinelli le *4 août*. *Fin août* : le roman se divisera en trois volumes. *12 octobre* : corrige les dernières épreuves de *Du côté de chez Swann*, qu'il a dû raccourcir en gardant la fin pour un volume suivant. *8 novembre* : le volume est tiré à 1 750 exemplaires. *12 novembre* : *Le Temps* publie l'entrevue avec Élie-Joseph Bois, reçu quelques jours plus tôt, dans laquelle Proust explique son roman. *14 novembre* : *Du côté de chez Swann* paraît en librairie. Céleste Albaret vient remplacer Céline Cottin au service de Proust, qui la charge d'apporter le volume dans Paris à ses amis et connaissances. *27 novembre* : article de Lucien Daudet sur le roman dans *Le Figaro*. *1er décembre* : Alfred Agostinelli s'est enfui. Proust envoie Albert Nahmias à Nice pour monnayer le retour du jeune homme.

1914. *Début janvier* : complète le théâtrophone par l'achat d'un pianola. *11 janvier* : repentir d'André Gide d'avoir refusé pour *La NRF* la publication du roman. *Courant janvier* : constitue en dactylographie le deuxième volume de son roman. *6 février* : lettre où Jacques Rivière, secrétaire de *La NRF*, exprime à Proust toute son admiration pour *Du côté de chez Swann* et réponse où Proust donne des explications sur son roman. *16 mars* : Mme Caillaux tue Gaston Calmette, directeur du *Figaro*. *20 mars* : premières démarches de *La NRF* pour publier la suite du roman. *Avril* : Proust compte proposer le recueil de ses pastiches et articles à Fasquelle. *19 avril* : retirage de *Du côté de chez Swann* à 500 exemplaires. *30 mai* : Alfred Agostinelli se noie au large d'Antibes au cours d'un accident d'avion. *1er juin et 1er juillet* : *La NRF* publie deux extraits du volume suivant de la *Recherche*, pour l'instant intitulé *Le Côté de Guermantes*. *6 juin* : premiers placards de la suite du roman. *15 juillet* : *Le Figaro* annonce la publication prochaine d'une nouvelle de Proust intitulée *Odette mariée*. *Été* : première version de *La Fugitive*. *2 août* : déclaration de guerre de la France à l'Allemagne. Robert Proust, mobilisé comme médecin aide-major à Verdun, est conduit à la gare par Marcel ; mobilisation de Bernard Grasset, Odilon Albaret et Nicolas Cottin. *3 septembre* : départ pour Cabourg, avec Céleste Albaret et Ernst Forssgren, jusqu'à la *mi-octobre*. *Novembre* : relit l'*Histoire de l'affaire Dreyfus* de

Joseph Reinach pour son roman. *17 décembre* : mort de Bertrand de Fénelon.

1915. *Début d'année* : augmente son roman dans ses diverses parties. *Avril* : démarches afin d'obtenir sa réforme militaire pour raison de santé. *11 mai* : se documente auprès de Mme Straus sur les robes de Fortuny. *Début septembre* : fait la connaissance de Paul Morand. *Novembre* : résume pour Marie Scheikévitch la suite de son roman sur les pages de garde d'un exemplaire de *Du côté de chez Swann*.

1916. *16 janvier* : Robert Proust promu médecin-major de première classe. *Février* : se documente sur les robes de Fortuny auprès de Mme de Madrazo. *24 février* : visite d'André Gide évoquant la reprise de la publication du roman par Gallimard. *27 mai* : reçoit de Walter Berry un livre relié aux armes des Guermantes. *Fin mai* : se dit prêt à rompre avec Grasset. *Juin* : tractations boursières pour éviter la ruine. *Début juillet* : apprend la mort de Nicolas Cottin. *29 août* : Grasset renonce à publier la suite du roman. *Automne* : fait venir chez lui le Quatuor Poulet qui lui joue Franck. Rédige *Sodome et Gomorrhe* et introduit l'épisode de la guerre dans *Le Temps retrouvé*. *Octobre* : fait porter chez Gallimard le manuscrit d'*À l'ombre des jeunes filles en fleurs* et le début du *Côté de Guermantes*. *Début novembre* : visite de Robert Proust, malade.

1917. *Premiers mois* : nombreuses visites de Paul Morand et d'Antoine Bibesco. *Printemps* : nombreuses soirées au Ritz. *Mai* : se fait prêter par Antoine Bibesco *Les Frères Karamazov*. *Été* : nombreux dîners au Ritz avec Paul Morand et la princesse Soutzo. *27 juillet* : alerte aérienne que les convives observent du balcon du Ritz. *22 août* : Emmanuel Bibesco se suicide à Londres. *13 octobre* : reçoit de *La NRF* les épreuves à corriger. *17 octobre* : Gaston Gallimard négocie avec Bernard Grasset le rachat des volumes invendus de *Du côté de chez Swann*. *21 décembre* :

le travail sur *À l'ombre des jeunes filles en fleurs* est interrompu, par manque d'ouvriers imprimeurs. Préparation de la réimpression de *Du côté de chez Swann* : Combray est déplacé sur le front, entre Laon et Reims.

1918. *Mi-janvier* : aurait souhaité la critique littéraire du *Figaro*, qui est attribuée à Abel Hermant. *20 janvier* : achève la préface aux *Propos de peintre* de Jacques-Émile Blanche. *30 janvier* : assiste la nuit à un bombardement de Paris. *Février-mars* : nombreux dîners au Ritz. *23 mars* : Proust souffre de paralysie faciale et d'aphasie. *Mi-avril* : reçoit le début des placards d'*À l'ombre des jeunes filles en fleurs*, renvoyés à la fin du mois. *15 mai* : Calmann-Lévy informe Proust qu'il reste 1 171 exemplaires invendus des *Plaisirs et les Jours* sur un tirage de 1 500. *Juin* : se met d'accord avec Gallimard sur les publications et rééditions prochaines ; a remis les épreuves d'*À l'ombre des jeunes filles en fleurs* le *14 juin*. *23 juin* : Gallimard établit un contrat pour *À la recherche du temps perdu*, *Pastiches et Mélanges* et une réédition de *Du côté de chez Swann*. *Juillet* : Proust prépare le nouveau pastiche de Saint-Simon sur l'affaire Lemoine, qu'il terminera *début octobre*. *Fin juillet* : renonce au projet d'aller à Cabourg. *11 novembre* : l'armistice est signé. *20 novembre* : « choses sentimentales sans issue » avec Henri Rochat. Prépare une édition de luxe d'*À l'ombre des jeunes filles en fleurs* comprenant des placards corrigés de sa main.

1919. *9-10 janvier* : Proust reçoit les épreuves d'*À l'ombre des jeunes filles en fleurs*, de *Pastiches et Mélanges* et de la réédition de *Du côté de chez Swann*. *16 janvier* : la propriétaire du 102 boulevard Haussmann a vendu l'immeuble. *10 mars* : mise en vente des *Propos de peintre* de Jacques-Émile Blanche avec la préface de Proust. *24 avril* : Robert Proust est démobilisé. *26-31 mai* : déménagement au 8bis rue

Laurent-Pichat, chez l'actrice Réjane ; brûle à cette occasion des manuscrits. *1er juin* : *La NRF* publie « Légère esquisse du chagrin que cause une séparation et des progrès irréguliers de l'oubli ». *Début juin* : commence à corriger les épreuves du *Côté de Guermantes I*. *21 juin* : mise en vente de trois volumes : *À l'ombre des jeunes filles en fleurs*, *Pastiches et Mélanges* et la réédition de *Du côté de chez Swann*. *1er juillet* : *La NRF* publie en avant-première un extrait du *Côté de Guermantes*. *9 juillet* : accompagne Henri Rochat à la gare de Lyon pour être certain de son départ ; celui-ci revient demander asile à Proust à la fin du mois. *26 juillet* : fondation des éditions Gallimard. *1er octobre* : installation au 44 rue Hamelin, où il demeurera jusqu'à sa mort. *26 octobre* : Jacques Rivière voudrait confier à Proust la critique des romans dans *La NRF*. *Fin novembre* : a fait dactylographier *Sodome et Gomorrhe*. *8-9 décembre* : envoie à Jacques Rivière un article sur Flaubert, pour répondre à la polémique sur le style de l'écrivain. *10 décembre* : *À l'ombre des jeunes filles en fleurs* reçoit le prix Goncourt à six voix contre quatre pour les *Croix de bois* de Roland Dorgelès. *Derniers mois* : corrige les épreuves du *Côté de Guermantes*.

1920. *1er janvier* : *La NRF* publie l'article « À propos du "style" de Flaubert ». *3 janvier* : a reçu 870 lettres consécutives au prix Goncourt. *18 mars* : remet corrigées les épreuves du *Côté de Guermantes I*. *Avril* : André Breton révise les épreuves du *Côté de Guermantes*. *Mai* : Proust envisage une candidature à l'Académie française. *30 juin* : membre de la Fondation Blumenthal, aux côtés de Bergson et Gide. *Fin juillet* : remise des épreuves corrigées du *Côté de Guermantes II*. *27 septembre* : nommé chevalier de la Légion d'Honneur. *30 septembre* : fait décerner le prix Blumenthal à Jacques Rivière. *22 octobre* : mise en vente du *Côté de Guermantes I*. *15 novembre* : la

Revue de Paris publie : « Pour un ami : remarque sur le style », préface à *Tendres Stocks* de Paul Morand.

1921. *1er janvier* : *La NRF* publie « Une agonie », extrait du *Côté de Guermantes II*. *20 janvier* : envoie à Gallimard corrigées la fin du *Côté de Guermantes II* et la dactylographie de *Sodome et Gomorrhe I*. *1er février* : *La NRF* publie « Un baiser », extrait du *Côté de Guermantes II*. *25 février* : parution de *Tendres Stocks* de Paul Morand, préfacé par Marcel Proust. *26 février* : *La Revue hebdomadaire* publie « Une soirée de brouillard », extrait du *Côté de Guermantes II*. *8 avril* : envoie à Gallimard la dactylographie de *Sodome et Gomorrhe II*. *2 mai* : *Le Côté de Guermantes II-Sodome et Gomorrhe I* paraît en librairie. *Mai* : visites d'André Gide. *Fin mai* : éprouve un malaise en visitant une exposition des maîtres hollandais au musée du Jeu de Paume. *1er juin* : *La NRF* publie l'article « À propos de Baudelaire ». *Début juin* : se renseigne sur la possibilité de sa candidature à l'Académie française. *Juin* : Henri Rochat, secrétaire de Proust depuis 1919, part pour l'Argentine. *1er octobre* : *La NRF* publie « Les intermittences du cœur », extrait de *Sodome et Gomorrhe II*. *Novembre* : *Les Œuvres libres* publient « Jalousie », un long extrait de *Sodome et Gomorrhe II*. Maladie et visites de son frère Robert. *1er décembre* : *La NRF* publie « En tram jusqu'à la Raspelière », extrait de *Sodome et Gomorrhe II*.

1922. *Début d'année* : Yvonne Albaret, la nièce de Céleste, dactylographie la suite du roman en un millier de pages. *Avril* : affirme à Céleste qu'il vient d'inscrire le mot « Fin ». *29 avril* : mise en vente de *Sodome et Gomorrhe II*. *Avril-mai* : *Les Feuilles libres* publient « Une soirée chez les Verdurin ». *27 mai* : *Le Gaulois* publie la réponse de Proust à une enquête sur les Goncourt devant leurs cadets. *22 juillet* : *La Renaissance politique, littéraire et artistique* publie la réponse de Proust à une enquête sur le style. *14 août* : *L'Intransigeant* publie la réponse de Proust à une enquête : « Si le monde allait finir... Que feriez-vous ? » *Début septembre* : remanie pour la troisième fois *La Prisonnière*. *Octobre-novembre* : remanie avec de larges coupures *La Fugitive*, rebaptisée *Albertine disparue* à cette condition. *1er novembre* : *La NRF* publie « La regarder dormir. Mes réveils », extrait de *La Prisonnière*. *18 novembre* : Proust meurt d'une pneumonie ; il est enterré le *22 novembre*. *26 novembre* : *Le Figaro* publie un extrait de *La Prisonnière*.

1923. *1er janvier* : *La NRF* consacre son nº 112 à un *Hommage à Marcel Proust* organisé par Jacques Rivière. Publication de *La Prisonnière*.

1925. Publication d'*Albertine disparue*.

1927. Publication du *Temps retrouvé* et des *Chroniques*.

1935. Mort de Robert Proust.

1947. Fondation de la Société des amis de Marcel Proust.

1950. Premier numéro du *Bulletin Marcel Proust*.

1952. Publication de *Jean Santeuil* par Bernard de Fallois.

1954. Publication de *Contre Sainte-Beuve* et de *Nouveaux Mélanges* par Bernard de Fallois. Publication d'*À la recherche du temps perdu* dans la « Bibliothèque de la Pléiade » (3 vol.) par Pierre Clarac et André Ferré.

1962. Acquisition par la Bibliothèque nationale du fonds Proust conservé par les héritiers (fonds complété en 1985 et en 2013).

1970. L'équipe Proust de l'ITEM (Institut des textes et manuscrits modernes du CNRS et de l'ENS) étudie et publie partiellement le fonds Proust de la Bibliothèque nationale.

1970-1993. Publication de la *Correspondance de Marcel Proust* (21 vol.) par Philip Kolb.

1971. *Jean Santeuil* précédé de *Les Plaisirs et les Jours* (1 vol.) et *Contre Sainte-Beuve* précédé de *Pastiches et Mélanges* et suivi d'*Essais et articles* (1 vol.) sont publiés dans la « Bibliothèque de la Pléiade » par Pierre Clarac et Yves Sandre. Parution dans les

Cahiers Marcel Proust de *Textes retrouvés* (édition de Philip Kolb et Larkin B. Price, Paris, Gallimard, 1971).

1975. Premier numéro du *Bulletin d'informations proustiennes*.

1978. Publication de « L'indifférent », une nouvelle retrouvée par Philip Kolb.

1982. *Matinée chez la princesse de Guermantes* [cahiers 51, 58 et 57], édition d'Henri Bonnet et Bernard Brun, Paris, Gallimard, 1982.

1987. L'œuvre de Proust tombe dans le domaine public. Édition définitive d'*Albertine disparue* (d'après une dactylographie retrouvée).

1987-1989. Nouvelle édition d'*À la recherche du temps perdu* dans la « Bibliothèque de la Pléiade » (4 vol.) sous la direction de Jean-Yves Tadié.

1991. Publication des *Écrits de jeunesse (1887-1895)*.

2000. Collection « Recherches proustiennes » aux éditions Honoré Champion.

2002. Marcel Proust, *Carnets*.

2005. Premier numéro de *Marcel Proust aujourd'hui*.

2008. Début de la publication des cahiers 1 à 75 (brouillons de *Contre Sainte-Beuve* et d'*À la recherche du temps perdu*) par l'équipe Proust de l'ITEM.

2011. Collection « Bibliothèque proustienne » aux Classiques Garnier. Collection « Le champ proustien » aux éditions Brepols.

2012. Marcel Proust, *Le Mensuel retrouvé*.

2013. *À la recherche du temps perdu*, édition par Luc Fraisse aux Classiques Garnier (*La Prisonnière*, 2013 ; *La Fugitive*, 2017). Publication en ligne de *L'Agenda 1906*.

2015. Premier numéro de la *Revue d'études proustiennes*.

2018. Le fonds Proust de Bernard de Fallois est légué à la Bibliothèque nationale de France.

2019. Marcel Proust, *Le Mystérieux Correspondant et autres nouvelles inédites*, Éditions de Fallois.

BIBLIOGRAPHIE

ŒUVRES DE PROUST

À la recherche du temps perdu

À la recherche du temps perdu, édition réalisée sous la direction de Jean-Yves Tadié, Paris, Gallimard, « Bibliothèque de la Pléiade », 4 vol., 1987-1989 (édition reprise en Folio classique).

La Prisonnière, édition de Luc Fraisse, Paris, Classiques Garnier, 2013.

La Fugitive, édition de Luc Fraisse, Paris, Classiques Garnier, 2017.

Les Plaisirs et les Jours

Les Plaisirs et les Jours suivi de *L'Indifférent et autres textes*, édition de Thierry Laget, Paris, Gallimard, « Folio classique », 1993.

Les Plaisirs et les Jours [reproduction de l'édition de 1896 avec les illustrations de Madeleine Lemaire et les partitions de Reynaldo Hahn], Paris, Éditions de Fallois, 2020.

Jean Santeuil

Jean Santeuil, édition de Bernard de Fallois, préface d'André Maurois, Paris, Gallimard, 1952.
Jean Santeuil précédé des *Plaisirs et les Jours*, édition de Pierre Clarac et Yves Sandre, Paris, Gallimard, « Bibliothèque de la Pléiade », 1971.

Contre Sainte-Beuve

Contre Sainte-Beuve suivi de *Nouveaux Mélanges*, édition de Bernard de Fallois, Paris, Gallimard, 1954.
Contre Sainte-Beuve précédé de *Pastiches et Mélanges* et suivi d'*Essais et articles*, édition de Pierre Clarac et Yves Sandre, Paris, Gallimard, « Bibliothèque de la Pléiade », 1971.

Textes de jeunesse

L'Indifférent. Une nouvelle retrouvée de Marcel Proust, édition de Philip Kolb, Paris, Gallimard, 1978.
Écrits de jeunesse (1887-1895), édition d'Anne Borrel, Illiers-Combray, Institut Marcel Proust international, 1991.
Le Mystérieux Correspondant et autres nouvelles inédites, édition de Luc Fraisse, Paris, Éditions de Fallois, 2019.

Cahiers, carnets et ébauches

Matinée chez la Princesse de Guermantes. Cahiers du « Temps retrouvé », édition d'Henri Bonnet, avec la collaboration de Bernard Brun, Paris, Gallimard, 1982.
Carnets [I, II, III et IV], édition de Florence Callu et Antoine Compagnon, Paris, Gallimard, 2002.
Le Mensuel retrouvé, édition de Jérôme Prieur, Paris, Éditions des Busclats, 2012.

Les Soixante-Quinze Feuillets, préface de Jean-Yves Tadié, édition de Nathalie Mauriac, Paris, Gallimard, 2021.

Correspondance

Lettres à Reynaldo Hahn, préface d'Emmanuel Berl, édition de Philip Kolb, Paris, Gallimard, 1956.

Correspondance de Marcel Proust, édition de Philip Kolb, Paris, Plon, 21 vol., 1970-1993.

Marcel Proust – Jacques Rivière, *Correspondance (1914-1922)*, préface de Jean Mouton, édition de Philip Kolb, Paris, Gallimard, 1976.

Marcel Proust – Gaston Gallimard, *Correspondance (1912-1922)*, édition de Pascal Fouché, Paris, Gallimard, 1989.

Mon cher petit. Lettres à Lucien Daudet (1895, 1897, 1904, 1907, 1908), édition de Michel Bonduelle, Paris, Gallimard, 1991.

Lettres à sa voisine, édition d'Estelle Gaudry et Jean-Yves Tadié, Paris, Gallimard, 2013.

Lettres au duc de Valentinois, préface de Jean-Yves Tadié, édition de Jean-Marc Quaranta, Paris, Gallimard, 2016.

ÉTUDES BIOGRAPHIQUES ET CRITIQUES

BARDÈCHE, Maurice, *Marcel Proust romancier*, Paris, Les Sept Couleurs, 2 vol., 1971.

BARTHES, Roland, « Proust et les noms », *Le Degré zéro de l'écriture* suivi de *Nouveaux essais critiques*, Paris, Le Seuil, « Points », 1972.

BASTIANELLI, Jérôme, *Dictionnaire Proust-Ruskin*, Paris, Classiques Garnier, « Bibliothèque proustienne », 2017.

BIZUB, Edward, *Proust et le moi divisé. La « Recherche » : creuset de la psychologie expérimentale*, Genève, Droz, 2006.

BLAY, Philippe, BRANGER, Jean-Christophe et FRAISSE,

Luc, *Marcel Proust et Reynaldo Hahn. Une création à quatre mains*, Paris, Classiques Garnier, « Bibliothèque proustienne », 2018.

BONNET, Henri, *Marcel Proust de 1907 à 1914*, Paris, Nizet, 2 vol., 1959, rééd. 1971 et 1976.

BOREL, Jacques, « Notes sur l'imparfait proustien », *Critique*, décembre 1971.

BRUNET, Étienne, *Le Vocabulaire de Proust*, Genève-Paris, Slatkine-Champion, 3 vol., 1983.

CHANTAL, René de, *Marcel Proust critique littéraire*, Montréal, Presses de l'université de Montréal, 2 vol., 1967.

CHAUDIER, Stéphane, *Proust ou le démon de la description*, Paris, Classiques Garnier, « Bibliothèque proustienne », 2019.

COMPAGNON, Antoine, *Proust entre deux siècles*, Paris, Le Seuil, 1989.

DAUM, Pierre, *« Les Plaisirs et les Jours » de Marcel Proust. Étude d'un recueil*, Paris, Nizet, 1993.

DELEUZE, Gilles, *Proust et les signes*, Paris, PUF, 1964.

Dictionnaire Marcel Proust, publié sous la direction d'Annick Bouillaguet et Brian G. Rogers, Paris, Champion, « Dictionnaires et Références », 2004, rééd. 2014.

FALLOIS, Bernard de, *Proust avant Proust. Essai sur « Les Plaisirs et les Jours »*, Paris, Les Belles Lettres, 2019.

FONVIELLE, Stéphanie et PELLAT, Jean-Christophe, *Préludes à l'argumentation proustienne. Perspectives linguistiques et stylistiques*, Paris, Classiques Garnier, « Bibliothèque proustienne », 2015.

FRAISSE, Luc, *Le Processus de la création chez Marcel Proust*, Paris, Corti, 1988.

— *L'Œuvre cathédrale. Proust et l'architecture médiévale*, Paris, Corti, 1990, rééd. Classiques Garnier, 2014.

— *La Petite Musique du style. Proust et ses sources littéraires*, Paris, Classiques Garnier, « Bibliothèque proustienne », 2011.

— *L'Éclectisme philosophique de Marcel Proust*, Paris, PUPS, « Lettres françaises », 2013.

GABASTON, Liza, *Le Langage du corps dans « À la recherche*

du temps perdu », Paris, Champion, « Recherches proustiennes », 2011.

GAMBLE, Cynthia, *Voix entrelacées de Proust et de Ruskin*, Paris, Classiques Garnier, « Bibliothèque proustienne », 2020.

GENETTE, Gérard, « Proust et le langage indirect », *Figures II* [1969], Paris, Le Seuil, « Points », 2015.

— « Métonymie chez Proust » et « Discours du récit », *Figures III* [1972], Paris, Le Seuil, « Points », 2019.

GOUJON, Francine, *Allusions littéraires et écriture cryptée dans l'œuvre de Proust*, Paris, Champion, « Recherches proustiennes », 2020.

HENRY, Anne, *Marcel Proust. Théories pour une esthétique*, Paris, Klincksieck, 1981.

— *Proust romancier. Le tombeau égyptien*, Paris, Flammarion, 1983.

LEBLANC, Cécile, *Proust écrivain de la musique. L'allégresse du compositeur*, Turnhout, Brepols, « Le Champ proustien », 2017.

Marcel Proust, ouvrage collectif publié sous la direction de Jean-Yves Tadié, Paris, Éditions de l'Herne, « Cahiers de l'Herne », 2021.

Marcel Proust et le récit bref, publié sous la direction de Stéphanie Fonvielle et Méité Méké, *Revue d'études proustiennes*, 2018-2.

MILLY, Jean, *La Phrase de Proust. Des phrases de Bergotte aux phrases de Vinteuil*, Paris, Larousse, « Collection L », 1975.

— *Proust et le style*, Genève, Slatkine, 1991.

MULLER, Marcel, *Les Voix narratives dans la « Recherche du temps perdu »*, Genève, Droz, 1965, rééd. 1983.

NATTIEZ, Jean-Jacques, *Proust musicien*, Paris, Christian Bourgois, 1984, rééd. 1999.

PAINTER, George Duncan, *Marcel Proust*, trad. française Paris, Mercure de France, 2 vol., 1966.

PIROUÉ, Georges, *Proust et la musique du devenir*, Paris, Denoël, 1960.

POULET, Georges, *Études sur le temps humain* [Paris,

Plon, 1950-1968], Paris, Pocket, 2 vol., 2017 [voir les chapitres « Proust » et « Marcel Proust »].
— *L'Espace proustien* [1963], Paris, Gallimard, « Tel », 1982.
Proust et Kant. Hommage à Anne Henry, publié par Gérard Bensussan et Luc Fraisse, *Revue d'études proustiennes*, 2019-2.
RAIMOND, Michel, *Proust romancier*, Paris, SEDES, 1984.
RICHARD, Jean-Pierre, *Proust et le monde sensible*, Paris, Le Seuil, 1974.
ROUSSET, Jean, « À la recherche du temps perdu », dans *Forme et signification*, Paris, Corti, 1962.
SCHMID, Marion, *Proust dans la décadence*, Paris, Champion, « Recherches proustiennes », 2008.
SIMON, Anne, *Proust ou le réel retrouvé. Le sensible et son expression dans « À la recherche du temps perdu »*, Paris, PUF, 2000, rééd. Champion, « Recherches proustiennes », 2011.
TADIÉ, Jean-Yves, *Proust et le roman*, Paris, Gallimard, 1971, rééd. « Tel », 1986.
— *Proust*, Paris, Belfond, 1983.
— *Marcel Proust*, Paris, Gallimard, « Biographies », 1996.
— *Marcel Proust. Croquis d'une épopée*, Paris, Gallimard, 2020.
URO, Yves, *Madeleine Lemaire, une amie de Marcel Proust*, Paris, L'Harmattan, 2015.
VIDOTTO, Ilaria, *Proust et la comparaison vive. Étude stylistique*, Paris, Classiques Garnier, « Bibliothèque proustienne », 2020.
YOSHIKAWA, Kazuyoshi, *Proust et l'art pictural*, Paris, Champion, « Recherches proustiennes », 2010.

NOTICES, NOTES ET VARIANTES

PAULINE DE S.

Notice

Ce court apologue s'apparente aux récits de fin de vie qui jalonnent avec insistance *Les Plaisirs et les Jours* ainsi que les textes abandonnés qu'on lit dans *Le Mystérieux Correspondant*. Avec plus de légèreté qu'eux toutefois, celui-ci s'oriente vers l'un des messages favoris de la prédication classique : le *memento mori*. Comme dans deux autres nouvelles de notre recueil, le personnage du médecin semble prendre le relais de l'interrogation religieuse. Vers le début se dessine, dans une esquisse encore lointaine mais déterminante, le clivage entre temps perdu et temps retrouvé : parti de l'opposition classique entre divertissement et gravité, dispersion et ressaisissement moral, le clivage s'oriente un instant vers les profondeurs d'émotion des arts où nous nous sentons descendre au cœur même de notre être, qui annonce la morale esthétique de Proust, du Proust de la *Recherche*, et que délivrera mystérieusement au héros le septuor posthume de Vinteuil dans *La Prisonnière*[1]. Les lectures sérieuses que rejette Pauline (notamment *L'Imitation de Jésus-Christ*)

1. *Recherche*, t. III, p. 753 et suiv.

nourrissent cependant les exergues des pièces des *Plaisirs et les Jours*, et à Labiche pour lequel opte ici l'héroïne Proust préfère des « Fragments de comédie italienne[1] ». Le jeune auteur des *Plaisirs et les Jours*, bien qu'il ait vu la mort de près, serait-il revenu, sous son vernis fin-de-siècle, à ses activités et pensées frivoles ? Aussi la situation de ce morceau apparemment facile n'est-elle pas d'emblée entièrement déchiffrable.

Notes

Page 33.

1. La phrase réunit les deux idées – plaisir et travail – avec lesquelles Proust a constitué son titre *Les Plaisirs et les Jours*, en référence au traité agraire d'Hésiode *Les Travaux et les Jours*.

Page 34.

1. Les *Souvenirs de lecture*, consignés par Jeanne Proust, mère de l'écrivain, dans un cahier (Paris, Éditions de Fallois, 2020), révèlent un intérêt, peu partagé par son fils, pour les écrits politiques du XIXe siècle. De Labiche, envisagé en variante, Proust dans ses lettres évoque *Le Voyage de M. Perrichon* (1860), en même temps que *La Poudre aux yeux* (1861), *La Station Champbaudet* (1862), *Célimare le bien-aimé* (1863) et *La Grammaire* (1867). Dans « Un amour de Swann », quand Swann se prend de dégoût pour les Verdurin et leur société, il s'exclame : « Vraiment ces gens sont sublimes de bourgeoisisme, ils ne doivent pas exister réellement, ils doivent sortir du théâtre de Labiche ! » (*Recherche*, t. I, p. 281). Mais dans la soirée finale du *Temps retrouvé*, D'Argencourt vieilli apparaîtra « dans son incarnation de moribond-bouffe d'un Regnard exagéré par Labiche » (*ibid.*, t. IV, p. 501).

2. *L'Imitation de Jésus-Christ*, œuvre anonyme attribuée

1. *Les Plaisirs et les Jours*, éd. Thierry Laget, Folio classique, 1993, p. 80-103.

à Thomas a Kempis (moine néerlandais du XIVe siècle), fait partie du canon des livres de dévotion chrétienne. Une lettre à Pierre Lavallée indique que Proust l'a lu en septembre 1893, alors que *Les Plaisirs et les Jours* était en train d'être confectionné en collaboration avec Madeleine Lemaire. De fait, des citations en seront tirées pour servir d'exergues à « La confession d'une jeune fille » ainsi qu'aux deux premiers chapitres de « Violante ou la mondanité ».

Variantes

Page 33.

a. Ébauche : S. *qui était succombait lentement à un cancer*.

b. Ébauche : de *ruser*.

c. Var. : le médecin *avait cessé de ruser avec elle*.

d. Var. : *jour*.

e. Ébauche : physique. *Je fus long [avant de] à me décider à aller la voir*.

f. Ébauche : pourtant. *Depuis la veille les choses m'ap-p[araissaient]*.

g. *Ce soir-là* : ajout interlinéaire.

h. *Les vies* : ajout interlinéaire.

Page 34.

a. Var. : *l'âme élargie*.

b. Var. : *ne sentant en moi* que l'âme.

c. Var. : près *du feu*.

d. Var. : tristesse *solennelle que* mon imagination *lui prêtait*.

e. Ébauche : railleuse. *Ma première surprise passée tout cela s'expliqua assez bien*.

f. Ébauche : Elle *était en train*.

g. Var. : *à la main*.

h. Var. : *un volume de Labiche* ; ébauche : *et un jour près d'elle* un pamphlet politique *était encore ouvert*.

i. Ébauche : connaissait. *Elle s'arrêta seul[ement]*.

j. Ébauche : *va-t[-en]*.

k. *Surtout pas* : ajout interlinéaire.
l. *La lecture de* : ajout interlinéaire.
m. Var. : *pardon*.
n. Ébauche : ou *des repentirs*.

Page 35.

a. Ébauche : *Je ne pouvais pas le comprendre et*.
b. Var. : *comédie*.
c. Var. : une partie *inconnue*.
d. Var. : *nous*.
e. Var. : *toute* seule.
f. Var. : que je n'aie *vu* sans cesse.
g. Ébauche : sommes, *le médecin ne que nous ne sommes autre chose q[ue]*.
h. Ébauche : condamnés *et que devrions faire autre chose que nous pré*.
i. Ébauche : nous *allons*.
j. Ébauche : qui *se préparent*.

LE MYSTÉRIEUX CORRESPONDANT

Notice

Cette nouvelle complète, incluse un temps dans le recueil *Les Plaisirs et les Jours* et alors dédiée au pianiste Léon Delafosse (1874-1955), se rapproche, malgré quelques détails inachevés, de nouvelles publiées : l'aveu de l'inavouable aux approches d'une mort qui redispose tous les enjeux, d'une agonie qui décharge le secret de son poids moral.

Comme l'indique le titre, repris une fois dans le cours du texte, tout passe par des lettres mystérieusement trouvées dans l'appartement de l'héroïne Françoise, qui imagine qu'elles émanent d'un militaire. Or, vers la même période, durant l'été 1893, Proust entreprend avec quelques amis la composition d'un roman épistolaire, dans lequel il tient le rôle d'une femme du monde amoureuse d'un sous-officier et s'en ouvrant à son confesseur (rôle tenu par Daniel Halévy, Louis de La Salle prenant celui d'un officier[1]). Le roman écrit à plusieurs n'a pas abouti, mais Proust a parallèlement composé, peut-être dans le secret, cette nouvelle, où le confesseur de Françoise, l'abbé de Tresves, n'intervient que dans les dernières pages, et où le cœur du texte reste un récit non épistolaire.

Les lettres mystérieusement apparues évoquent indirectement la nouvelle d'Edgar Poe *La Lettre volée*, que Proust apprécie[2]. Quelque chose aussi des *Nouvelles extraordinaires* de Poe passe dans celle de Proust, à travers cette mourante (Christiane) qui communique un moment sa consomption à son amie Françoise. Cette pénombre, entretenue au cœur de la nouvelle, fait écho à l'opposition nervalienne entre la réalité et le rêve (il est question dans une variante de *seconde vie*).

Cette nouvelle de jeunesse donne à voir le romancier en herbe s'essayant à des formules de récit qu'il n'adoptera guère par la suite. Vers le début, il tente de faire passer toute la psychologie de son personnage par la description, très retravaillée, de ses mains (on songe à la fameuse casquette de Charles Bovary). Bientôt, il s'essaie (maladroitement) à l'écriture à suspens, autour de ces lettres trouvées dans la salle à manger de Françoise. On observera les phrases barrées et les ajouts interlinéaires qui montrent, chez celui qui mène le récit, une certaine difficulté à poser et à préciser les circonstances narratives nécessaires. Cette difficulté restera celle de l'auteur de la *Recherche*, dont mainte phrase s'alourdit parce qu'il s'agit de justifier, dans une situation concrète malaisée à mettre en place, la réflexion à laquelle veut en venir le Narrateur.

Dans la *Recherche*, une lettre surgira d'une mystérieuse correspondante : ce télégramme que reçoit le héros de *La Fugitive*, sur le point de repartir de Venise, signé d'Albertine qui est pourtant morte[3], une confusion

1. Voir *Correspondance*, t. IV, p. 413-421.
2. *Ibid.*, t. X, p. 292.
3. *Recherche*, t. IV, p. 220-223.

ayant été faite avec le nom de Gilberte qui annonce son mariage. Toute l'ancienne nouvelle semble s'être condensée dans cette seule circonstance. Dans le même volume intervient un autre correspondant mystérieux, dont le héros reçoit une lettre après la parution de son article dans *Le Figaro* : « Je reçus une autre lettre que celle de Mme Goupil, mais le nom, Sautton, m'était inconnu. C'était une écriture populaire, un langage charmant. Je fus navré de ne pouvoir découvrir qui m'avait écrit[1] ». On sait que cette circonstance, rendue non identifiable, s'inspire de la lettre qu'en 1907 Alfred Agostinelli envoie à Proust après la parution de son article « Impressions de route en automobile[2] ». Mais le schéma de cet événement mystérieux est beaucoup plus ancien, on le constate ici, dans l'imaginaire romanesque de Proust.

On voit encore apparaître ici, car les mots ont une histoire dans l'évolution créatrice d'un écrivain, pour la première fois sous la plume de Proust « la griffe de l'authenticité » que l'on verra reparaître à l'autre bout des écrits du romancier, à la fin du *Temps retrouvé*, quand le Narrateur dogmatique de « L'Adoration perpétuelle » statuera, concernant les réminiscences involontaires : « leur premier caractère était que je n'étais pas libre de les choisir, qu'elles m'étaient données telles quelles. Et je sentais que ce devait être la griffe de leur authenticité[3] ». Preuve qu'une expression n'est jamais perdue mais peut survivre exceptionnellement longtemps, si elle fixe à jamais le concept que se forge patiemment l'écrivain.

Nouvelle en forme d'énigme, la fable s'installe dans l'atmosphère du roman mondain pour mettre en scène l'homosexualité, ici à travers Gomorrhe. Les enjeux en seront l'amour non partagé, le lourd sentiment de culpabilité, le rapport entre le secret et l'aveu, le poids du jugement social, le rapport entre la morale et la religion (catholique).

La correspondante devant se déguiser en correspondant,

1. *Ibid.*, p. 170.
2. Voir *Correspondance*, t. VII, p. 315.
3. *Recherche*, t. IV, p. 457.

cependant que Proust transpose ce qu'il connaît de l'homosexualité dans le drame secret d'une femme, il en résulte de complexes ambiguïtés. On observe d'ailleurs la confusion perpétuelle des prénoms, sous la plume de l'auteur : Françoise et Christiane sont constamment inversées, ce qui engendre de fréquentes ratures et même des oublis. Le secret de l'énigme est involontairement livré – *lapsus calami* de Proust – par un accord de participe (*vue*) pour désigner assez tôt le mystérieux correspondant. Au point que même le secret et l'aveu se trouvent inversés : celle qui est habitée d'un secret inavouable l'avoue dans ses lettres ; tandis que celle qui le reçoit, et qui n'a rien à cacher, est en proie au secret.

Une certaine parodie des orateurs et prédicateurs classiques court à travers les évocations de la piété catholique. Le prêtre intervient, comme dans *Les Liaisons dangereuses*, au paroxysme du drame. Le parfum de roman d'édification s'évapore sous l'effet d'une double remise en question des préceptes moraux, qui apparaissent pour finir en décalage par rapport au drame, et maintiennent le poids d'une culpabilité fatale. Encore le sacrifice sublime que prône le confesseur, et qu'accomplira de fait Christiane, garde-t-il toute sa profondeur.

Face aux demandes de Dieu, les préceptes du médecin servent ici d'alibi pour forcer et percer le secret. La thèse défendue est qu'un certain degré de souffrance, avec ses conséquences, autorise à outrepasser les règles de la morale. On remarquera que le rappel par le médecin de l'état de consomption de Christiane, état qui ne repose sur aucune lésion physiologique, rejoint étrangement les *Études sur l'hystérie* de Freud (1895), menées à la Salpêtrière auprès de Charcot (avec qui collabore Adrien Proust), selon lesquelles la catatonie des hystériques ne repose sur aucune déficience, mais résulte au contraire de la neutralisation d'un conflit entre forces contraires exceptionnellement intenses. Si Proust n'a apparemment eu vent que très tard des théories de Freud, il se place intuitivement en leur cœur dès ses premiers écrits.

Notes

Page 38.

1. *Malgré que* : Proust jeune écrivain employait encore cette locution fautive ; on lit ainsi, dans la dédicace « À mon ami Willie Heath » des *Plaisirs et les Jours* : « Jamais Noé ne put si bien voir le monde que de l'arche, malgré qu'elle fût close et qu'il fît nuit sur la terre ».

Page 41.

1. *Vue* : lapsus qui dévoile l'identité féminine de l'auteur des lettres.

Page 42.

1. Proust romancier conservera toujours les dialogues de ses personnages sans séparations à l'intérieur du paragraphe. Au moment de l'impression de *Du côté de chez Swann*, en juin 1913, il indiquera : « J'ai fait supprimer les blancs dans les dialogues », car « je trouve cela mieux, cela fait entrer davantage les propos dans la continuité du texte » (*Correspondance*, t. XII, p. 212).

2. Voir, à partir de la page 46, un développement amorcé ici et formant un récit extérieur à la présente nouvelle.

Page 43.

1. Condensé de *L'Imitation de Jésus-Christ*, que Proust lit en préparant *Les Plaisirs et les Jours*, notamment le chap. VI du livre Ier, « Des affections désordonnées ».

Page 45.

1. *L'abbé de Tresves* : patronyme en harmonie avec l'onomastique des *Plaisirs et les Jours*, dont une nouvelle s'intitule « Mélancolique villégiature de Mme de Breyves ».

2. *Une autre* : nouveau lapsus.

Page 46.

1. Le moment où Françoise rêve au militaire que pourrait être le mystérieux correspondant (p. 42-43) sert

d'embryon à un tout autre récit occupant quatre pages manuscrites, que nous reproduisons ici. L'héroïne devient anonyme ; contrairement à celle de la nouvelle, elle est veuve et brûle d'une sensualité contenue, pour la description de laquelle se développe une très longue métaphore filée d'ordre militaire – bien avant la Grande Guerre qui inspirera à l'auteur de la *Recherche* le grand symbole de la stratégie militaire. Le rôle de la culture artistique, notamment Botticelli, ébauche ici l'atmosphère d'« Un amour de Swann » ; déjà la correspondance (wagnérienne ?) entre les arts tient en équilibre peinture, musique et littérature (ce seront un jour Elstir, Vinteuil et Bergotte). L'héroïne s'efface dès lors devant le portrait complaisant d'un beau militaire, qu'apparemment elle voudrait par la suite conquérir, nouvelle Phèdre devant un nouvel Hippolyte (« elle le vit, elle l'aima »). La présentation de cet amour potentiel d'une jeune femme avec un officier évoque le sujet d'*Anna Karénine*, et l'on sait que la première période de la création de Proust, incluant *Jean Santeuil*, est en affinité avec le roman russe. Incidemment, on le verra, intervient, dans ce germe de nouveau récit qui s'écarte de la nouvelle initiale, une guerre avec les Iriates : ils désignent un peuple dans la région de Milan, autour de la ville d'Iria en Ligurie, insituable entre l'Antiquité et le duché médiéval. Un lecteur contemporain de nous songe, devant cette indétermination, aux récits de Julien Gracq.

Page 48.

1. *Honoré* est le nom du protagoniste dans plusieurs nouvelles des *Plaisirs et les Jours* : « Violante ou la mondanité », « Un dîner en ville » et « La fin de la jalousie ».

2. L'héroïne est amoureuse d'un homme par la ressemblance de celui-ci avec les toiles du peintre florentin Sandro Botticelli (1445-1510). Dans « Un amour de Swann », Swann deviendra amoureux d'Odette de Crécy parce qu'elle le frappe « par sa ressemblance avec cette figure de Zéphora, la fille de Jéthro, qu'on voit dans une fresque de la chapelle Sixtine » (*Recherche*, t. I, p. 219),

« avec la Zéphora de ce Sandro di Mariano auquel on donne plus volontiers son surnom populaire de Botticelli » (*ibid.*, p. 220).

3. George Bryan *Brummell* (1778-1840) : arbitre des élégances à l'origine du dandysme britannique.

4. *Elle le vit, elle l'aima* : sans doute une réminiscence du coup de foudre de Phèdre pour Hippolyte, que celle-ci avoue à Œnone : « Je le vis, je rougis, je pâlis à sa vue » (*Phèdre*, acte I, scène III, v. 273).

Variantes

Page 37.

a. Noms barrés : *Christiane Florence Tavens*.

b. Le manuscrit donne : Christiane *Tavens* ; *Florence de Lucques* est barré.

c. *Bien... autre* : ajout interlinéaire.

d. *Tour à tour* : ajout interlinéaire.

e. Ébauche : elle *se demandait si l'on ne pourrait pas guérir cette langueur de Françoise elle sentait*.

f. Le manuscrit donne : *Françoise*.

g. Ébauche : langueur. *Et selon qu'elle se [disait] répondait oui ou non elle sentait toute sa plus inviolable, sa plus impétueuse ire intellectuelle et morale, et aussi ces plus douces et humbles. Ses mains qu'on voy[ait].*

h. Série d'ébauches : âme. *Les mains douces délicates semblaient portées par un et [*sic*] belles comme des fleurs, noblement portées sur la tige du poignet, dont elles jaillissaient dans une ligne fière avant de s'épanouir dont elles jaillissaient aussi grêles que lui avant de s'épanouir. Ces mains de tant de charme et de tant étaient [*sic*] aussi plus expressives comme un visage un regard et douloureuses comme une âme aussi expressives qu'un sourire ou qu'un regard. Elles étaient habituellement stables et belles créatures souffrantes comme des exilées, habituellement distraitement allongées, elles s'ébrouaient ce soir douloureusement. Elles souffraient en leur grâce.*

i. Var. : *pure* beauté.
j. Var. : *le poignet*.

Page 38.

a. Var. : *bizarrement*.
b. Var. : fleurs *de désespoir* ; ébauche : *et s'attristaient en leur langage*.
c. Ébauche : bientôt *pris dans la petite on voyait se poser*.
d. Ébauche : larmes *apparurent sur ses*.
e. *Une à une* : ajout interlinéaire.
f. Le manuscrit donne : *Christiane*.
g. Ébauches : *Elle lut retourna attendit qu'on eût apporté alla tout approcha la lettre du ferma pour pouvoir lire et dit d'attendre encore cinq minutes pour apporter les lampes*.
h. *S'il rentrait brusquement* : ajout interlinéaire.
i. Ébauche : *rester* dans l'obscurité.
j. Le manuscrit donne : *Christiane*.
k. Var. : ni *me passer plus longtemps de le faire*.
l. Ébauche : m'a *fait imaginer que vous étiez l'Élue qui*.
m. Var. : *âpre*.
n. *Sans le savoir* : ajout interlinéaire.
o. Var. : sur *les arbres*.
p. Ébauche : mer. *Vous êtes*.

Page 39.

a. Var. : *ma langue*.
b. Var. : *toute* ma vie.
c. Var. : ce *serait* possible.
d. Var. : que *cette idée m'affole et qu'il faut me calmer*.
e. Le manuscrit donne : *Christiane*.
f. Ébauches : franche *donnait la plus parfaite mettait comme la griffe de la [réali] vie*.
g. Var. : faisait sortir *cela*.
h. Var. : les faits *matériels*.
i. *Et selon la vie* : ajout interlinéaire.
j. Le manuscrit donne : *Christiane*.

k. Ébauche : mari. *Il n'était pas encore.*
l. Var. : généreux *pour [son mari] lui.*
m. Var. : le silence, *et bientôt s'il se pouvait l'oubli.*
n. Ébauche : lettre *où il était dit.*
o. Ébauche : vous. *Je vous aime com[me].*
p. Le manuscrit donne : *Christiane.*
q. Le manuscrit donne : *Françoise.*
r. Le manuscrit donne : *Françoise.*

Page 40.

a. *D'autre... volets* : ajout interlinéaire.
b. Le manuscrit donne : *Françoise.*
c. *Lui... migraine* : ajout interlinéaire. Plusieurs ajouts sont incompatibles entre eux ; on distingue celui-ci : *voulait se reposer un peu dans sa chambre ayant la migraine.*
d. Var. : avec *de l'écriture contournée.*
e. *Je... supplie* : ajout interlinéaire.
f. *Mais* : ajout interlinéaire.
g. Var. : je *vais m'en aller.* » *Alors Christiane eut peur.*
h. Var. : *en travers.*
i. Var. : se précipita *en refermant les portes.*
j. Var. : pria *Notre Seigneur Jésus-Christ.*
k. Var. : *Puis* au bout.
l. Le manuscrit donne : *Françoise.*
m. Var. : *s'arrêter.*

Page 41.

a. *Je ne... jamais* : ajout interlinéaire.
b. Le manuscrit donne : *Françoise.*
c. Var. : *trouble.*
d. Var. : *Christiane.*
e. Ébauche : poche. *Puis elle dit à Françoise* [sic] *: C'était pour manger un peu dans l'espoir de guérir ma migraine que je t'avais fait venir ici mais cela va mieux, ce n'est plus la peine. Revenons. Du reste.*
f. *Dit-elle bientôt à Christiane* : ajout interlinéaire.
g. Ébauche : matin *pour passer ces quelques jours.*
h. Var. : Je *n'irai pas te voir.*

i. Ébauche : matin, *ce sera trop tôt pour moi.*
j. Le manuscrit donne : *Françoise.*
k. Le manuscrit donne : *Françoise.*
l. *Consciente de son état* : ajout interlinéaire.
m. Ébauche : bien *la raison.*
n. *Françoise... venir* : ajout interlinéaire.
o. Le manuscrit donne : *Françoise.*
p. Le manuscrit donne : *Christiane.*
q. Ébauche : vue. *Le lendemain matin.*
r. Var. : fenêtres *dont les volets avaient été fermés.*
s. Var. : *acheté.*
t. Ébauche : Elle *le renvoya dès le lendemain malgré.*
u. Hésitation sur les prénoms : *Christiane* inscrit au-dessus de Françoise, *Françoise* au-dessus de Christiane.

Page 42.

a. Var. : dit-il, *ou qu'elle n'ait pas pris ou s'il est trop tard, qu'elle ne prenne pas un amant.*
b. Ébauche : salutaire. *La fin de la virginité est la...*
c. Le manuscrit donne : *Christiane.*
d. Le manuscrit donne : *Christiane.*
e. Var. : une *seconde* vie ; une vie *nouvelle.*
f. Var. : *dans.*
g. Ébauche : reparlerons. *Mais pour [le moment] vite.*
h. Var. : qui avait *bravé tant de dangers.*
i. Var. : *souvent.*

Page 43.

a. Var. : *artilleurs, chasseurs.*
b. *Derrière eux* : ajout interlinéaire.
c. Var. : *Mais* bientôt.
d. Var. : *mauvaises.*
e. Ébauche : vies *sont à la fois volupté.*
f. Ébauche : flottent *de la volupté à la vertu.*
g. Var. : les *récits enchanteurs.*
h. Var. : le *soir.*
i. Var. : rien *trahir.*
j. Var. : *soulagement.*

k. Ébauche : peut-être. *C'est une sorte de lettre qu'elle demande sans cesse, devant elle fait sortir tout le monde reste avec*.

Page 44.

a. Ébauche : *Chris*.
b. *Pour… savoir* : ajout interlinéaire.
c. Ébauche : ouvrit, *regarda*.
d. *Comme* : ajout interlinéaire.
e. Ébauche : folle. — *Il n'y avait que ce papier dit le médecin*.

Page 45.

a. Var. : *ce* dont.
b. Ébauche : *ne pourrait pas*.
c. Var. : Christiane *fut assez calme*.
d. *Après l'avoir préparée* : ajout interlinéaire.
e. Var. : *gaîment* lui demanda.
f. *Et longuement* : ajout interlinéaire.
g. Var. : vint *parler*.
h. *L'abbé de Tresves* : ajout interlinéaire ; autre lecture possible : *Treste*.

Page 46.

a. Var. : Comment *pouvez-vous hésiter*.
b. Var. : *répondit*.
c. Ébauche : surtout *à celui qui priverait Dieu d'une telle joie*.
d. Var. : avant *de se décider pour l'honnêteté*.
e. *Le soir* : ajout interlinéaire.

Page 47.

a. *Pour… battre* : ajout interlinéaire.
b. Ébauche : Puis *la crainte de*.
c. Var. : qu'elle *devait y occuper*.
d. Var. : la noblesse *du* caractère.
e. Var. : de *sortir d'*une.
f. *Seulement* : ajout interlinéaire.
g. Ébauche : revanche *sur sa ra[ison]*.

h. Var. : non pas *sur le champ de bataille de la conduite*.
i. En interligne : *en affaiblissant sa pensée*.
j. Ébauche : et *en énervant*.
k. Var. : *dans*.
l. Var. : de *son imagination*.
m. Ébauche : que *si elle avait pris une revanche*.
n. Ébauche : affiné *jusqu'aux voluptés*.
o. *Naturelle* : ajout interlinéaire.

Page 48.

a. Var. : *lieutenant*.
b. À côté d'Honoré, en interligne, on lit le nom *Nowlains* ; voir, plus bas, « Le général de Notlains ».
c. Ébauches : en chef. *Son intelligence passait pour Il passait pour un Napoléon de décadence, d'une intelligence aussi [subtile] délicate que celle des grands capitaines étant autrefois vigoureuse. La photographie*.
d. Ébauche : Il *avait*.
e. En interligne : *toutes les cérémonies publiques et militaires*.
f. *Rouges* : ajout interlinéaire.
g. Var. : *pureté*.
h. Ébauche : verdâtre, *sa brillante chevelure d'enfant*.
i. En interligne : *l'élégance*.
j. Var. : aussi *savante*.
k. Var. : tout cela *lui donnaient [*sic*]*.
l. Ébauche : lois *humaines. Elle le*.

SOUVENIR D'UN CAPITAINE

Notice

Bernard de Fallois donna de cette nouvelle une fidèle transcription dans *Le Figaro* du 22 novembre 1952 (p. 7[1]).

1. Et Philip Kolb la reproduisit, sans pouvoir en consulter le manuscrit, dans les *Textes retrouvés de Marcel Proust* (Urbana,

Le texte étant en certains endroits fortement raturé et récrit, on pourra constater ici de menues modifications par rapport à cette version antérieure, qui trouvent leur explication dans l'appareil des variantes.

Dans ce souvenir, l'affinité entre les deux hommes est suggérée sans être jamais nommée. Trop proche de l'expérience personnelle de Proust, peut-être en lien avec son service militaire à Orléans, du 15 novembre 1889 au 14 novembre 1890, ce récit fut abandonné. La rencontre muette du capitaine et du brigadier constitue la partie la plus achevée de la nouvelle, contrairement à sa longue introduction, faite d'ajouts mal raccordés qui peinent à constituer un tout cohérent.

Comme le note Bernard de Fallois, l'allusion à la « Tristesse d'Olympio » (« il voulut tout revoir ») sera un jour développée avec éclat par le baron de Charlus, dans *Sodome et Gomorrhe* : « C'est si beau, le moment où Carlos Herrera demande le nom du château devant lequel passe sa calèche : c'est Rastignac, la demeure du jeune homme qu'il a aimé autrefois. Et l'abbé de tomber alors dans une rêverie que Swann appelait, ce qui était bien spirituel, la *Tristesse d'Olympio* de la pédérastie[1]. » On relevait cette expression dans le carnet 1 de 1908[2]. On voit que l'idée sans la formule remonte beaucoup plus tôt ici. Le capitaine étudie ses attitudes devant le brigadier comme le baron de Charlus observant le héros à Balbec[3], et est fasciné par ce jeune militaire comme le même Charlus apercevant en uniforme le violoniste Morel à la gare de Doncières[4]. L'adieu pour finir adressé par le capitaine à cheval au brigadier prépare en négatif l'étrange salut indifférent que, dans *Le Côté de Guermantes*, Saint-Loup depuis son tilbury adressera au héros, à l'issue d'un

University of Illinois Press, 1968, p. 84-86 ; rééd. Paris, Gallimard, *Cahiers Marcel Proust*, nouvelle série, n° 3, 1971, p. 253-255.

1. *Recherche*, t. III, p. 437.
2. *Carnets*, p. 32.
3. *Recherche*, t. II, p. 110-112.
4. *Ibid.*, t. III, p. 225.

séjour à Doncières pourtant chaleureux : « et, s'éloignant à toute vitesse, sans un sourire, sans qu'un muscle de sa physionomie bougeât, il se contenta de tenir pendant deux minutes sa main levée au bord de son képi, comme il eût répondu à un soldat qu'il n'eût pas connu[1] ».

Mais l'originalité du récit est de mettre en scène à la première personne un être éprouvant une émotion homosexuelle sans même l'identifier, du moins consciemment, comme le montrent le « pourquoi ? » surgissant dans sa relation des faits, ainsi que l'angoisse qui suit la rencontre. Plus tard, une esquisse de *Sodome et Gomorrhe* explicitera le lien entre cette émergence inconsciente de l'homosexualité dans le sujet et ce qui sera devenu l'enjeu général de la *Recherche*, l'histoire d'une vocation : « Quand on est jeune on ne sait pas plus qu'on est homosexuel qu'on ne sait qu'on est poète[2]. »

Les réflexions générales du capitaine, si leur rédaction est moins achevée que son récit, doivent retenir l'attention parce qu'elles révèlent une méditation sur la mémoire et la recréation de la réalité par la pensée qui cherche avec insistance à se formuler. Il en résulte d'intéressantes intuitions du futur « temps perdu », à travers ce que « la paresse et comme un petit génie d'inconscience et de "non-pensée" nous fait perdre ». La spéculation philosophique nourrie par les études de Proust est sous-jacente à ces développements. Proust oppose, comme chez Fichte, l'*en moi* et l'*hors de moi* (« Hors de nous ? En nous pour mieux dire », écrira volontiers le Narrateur de la *Recherche*[3]), avec déjà ici les conséquences de cette opposition sur la préparation du récit, qui essaie expérimentalement tour à tour les deux options narratives contraires, pour comparer le parti spéculatif qu'on pourra en retirer : en fonction des ratures, le capitaine affirme alternativement qu'il *revoit très bien* ou *ne revoit plus nettement* la figure du

1. *Ibid.*, t. II, p. 436.
2. *Ibid.*, t. III, p. 954.
3. *Ibid.*, t. II, p. 4.

brigadier. Tout l'avenir du roman spéculatif de Proust est dans ces précieuses hésitations.

Notes

Page 49.

1. Réminiscence de « Tristesse d'Olympio », poème de Victor Hugo (*Les Rayons et les Ombres*, 1840) : « Il voulut tout revoir ». Proust cite un vers de ce poème à Reynaldo Hahn, dans une lettre du 8 août 1896 : « Que peu de temps suffit à changer toutes choses » (*Correspondance*, t. II, p. 101). Le Narrateur désillusionné du *Temps retrouvé* fait allusion aux vers qui suivent immédiatement dans la dixième strophe : « Nature au front serein, comme vous oubliez ! / Et comme vous brisez dans vos métamorphoses / Les fils mystérieux où nos cœurs sont liés », qu'il corrige en fonction de sa théorie de la mémoire : « le poète a eu raison de parler des "fils mystérieux" que la vie brise. Mais il est encore plus vrai qu'elle en tisse sans cesse entre les êtres, entre les événements, qu'elle entrecroise ces fils, qu'elle les redouble pour épaissir la trame, si bien qu'entre le moindre point de notre passé et tous les autres un riche réseau de souvenirs ne laisse que le choix des communications » (*Recherche*, t. IV, p. 607). On mesure l'ampleur de la généralisation accomplie depuis la nouvelle de jeunesse.

2. *Grâces diverses que la lumière porte avec elle selon l'heure* : principe de l'esthétique impressionniste. Dans la *Recherche*, Proust fera du peintre Elstir un maître de l'impressionnisme. – *L'humeur du temps* : une section des *Plaisirs et les Jours* s'intitule « Rêveries couleur du temps ».

3. La réapparition des souvenirs prendra volontiers la forme du *détour d'un chemin* dans la *Recherche*, depuis l'épisode de « Combray » où, au retour des promenades, le père du héros ramène à son insu sa famille devant la porte du jardin : « Alors, comme s'il l'avait sortie de la poche de son veston avec sa clef, il nous montrait debout devant nous la petite porte de derrière de notre jardin qui était

venue avec le coin de la rue du Saint-Esprit nous attendre au bout de ces chemins inconnus » (*Recherche*, t. I, p. 114).

Page 52.

1. *Phaéton* : petite voiture à cheval, légère et courte, à deux places. Dans *Le Côté de Guermantes*, la marquise de Villeparisis se souviendra d'une lointaine promenade en phaéton (voir *Recherche*, t. II, p. 571).

Variantes

Page 49.

a. Ébauche : l'amour *m'y rendit inoublia[ble]*. — On attendait la syntaxe suivante : les lieux auxquels l'amour m'a rendu incapable de resonger.
b. Var. : les *autres* lieux.
c. Var. : *Ceux-là à jamais*.
d. Var. : imaginations *quotidiennes*.
e. Var. : un *champ*.
f. Var. : *camarades* (mot ébauché).
g. Ébauche : dînions, *cour de la caserne*.

Page 51.

a. Ébauche : il *persuade un instant*.
b. Ébauche : d'aujourd'hui *en sa gaîté*.
c. Var. : *lumineux*.
d. *De la caserne* : ajout interlinéaire.
e. *Pourtant* : ajout interlinéaire.
f. Var. : et *c'est pourquoi* j'entends.
g. Var. : *retourné*.
h. Ébauche : moins *en elle-même, qu'elle*.
i. Var. : aussi *des gaîtés petites*.
j. Ébauche : allé *dire*.
k. Ébauche : de corps *à la caserne*.

Page 52.

a. Ébauche : déserte ; *il venait de sortir*. — Un point-virgule suit dans le manuscrit ; il faudrait une virgule.

b. Ébauche : avec *seulement assis sur une borne en faction.*
c. Var. : *devant.*
d. Var. : *bien.*
e. Ébauche : *La figure que je revois très bien.*
f. xxxx
g. Var. : séduction *inexplicable.*
h. Var. : que je *n'avais* pas *mon* uniforme.
i. Var : et que j'étais *en* phaéton.
j. Var. : un *de mes amis.*
k. Var. : *De plus* mon.
l. Ébauche : en outre *me répondant très fré[quemment] après chaque.*
m. Var. : *ne pouvait ignorer* ; ébauche : parfaitement *que j'étais.*
n. Var. : parfaitement *qui j'étais ;* mon *rang.*
o. Ébauche : point *de rendre.*
p. Ébauche : appartiennent *au même.*
q. *Exquis* : ajout interlinéaire.

Page 53.

a. Ébauche : avec *assez de hauteur.*
b. Ébauche : *J'enlevai complètement mon chapeau.*
c. Var. : *collée à la* visière.
d. Var. : *mon.*
e. *Déjà... cheval* : ajout interlinéaire.

JACQUES LEFELDE (L'ÉTRANGER)

Notice

Nouveau récit à énigme : mais celle-ci ne sera pas levée, faute de fin de récit. Pourquoi Jacques Lefelde revient-il chaque jour au même endroit ? Pourquoi sa tristesse se transforme-t-elle un beau jour en joie ? Le manuscrit s'interrompt avant d'avoir livré toute la réponse.

Ces rêveries au Bois de Boulogne autour du lac semblent annoncer la dernière séquence de *Du côté de chez Swann* : « À la fin du mois d'août dernier comme je traversais le Bois de Boulogne », lira-t-on ici. Mais l'expérience rousseauiste au fond de la barque ne livrera pas son mystère. Le nom d'écrivain Jacques Lefelde a été choisi parce que aucun écrivain réel n'est répertorié sous cette appellation. On y reconnaît le mot allemand désignant un champ, voire le champ de bataille. Dans les années 1890, faut-il comprendre que Jacques Lefelde, si « étranger » au monde qui l'entoure, est le « François le Champi » de la littérature ?

Les promenades énigmatiques du jeune écrivain Jacques Lefelde au Bois évoquent des scènes approchantes décrites par les amis de Proust, notamment Reynaldo Hahn relatant son long arrêt solitaire devant un rosier du Bengale[1].

Mais cet amoureux inconsolable, que l'on retrouve toujours au même coin de jardin, évoque plus précisément le récit de Stendhal, au chapitre XXIX dans *De l'amour*, mettant en scène en Lombardie un comte Delfante qui semble être en fait un double de Stendhal lui-même : « Dans un bosquet de lauriers du jardin Zampieri qui domine le chemin que je suivais et qui conduit à la cascade du Reno à Casa-Lecchio, j'ai vu le comte Delfante ; il rêvait profondément, et quoique nous ayons passé la soirée ensemble jusqu'à deux heures après minuit, à peine m'a-t-il rendu mon salut. Je suis allé à la cascade, j'ai traversé le Reno ; enfin, trois heures après au moins, en repassant sous le bosquet du jardin Zampieri, je l'ai vu encore ; il était précisément dans la même position, appuyé contre un grand pin qui s'élève au-dessus du bosquet de lauriers[2] » ; Delfante se trouvait ainsi absorbé dans la pensée que son amour n'était pas partagé. C'est ce que Proust, dans une lettre à Daniel Halévy de 1907,

1. « Promenade », dans l'*Hommage à Marcel Proust*, *La NRF*, n° 112, 1er janvier 1923, p. 39-40.
2. *De l'amour*, éd. V. Del Litto, Folio classique, 1980, p. 98.

appelle « ces petits récits démonstratifs que Stendhal met dans *De l'amour*[1] ».

Jacques Lefelde fera une réapparition anonyme dans la *Recherche* à Combray, dans la promenade du côté de Guermantes, le long de la Vivonne : « Que de fois j'ai vu, j'ai désiré imiter quand je serais libre de vivre à ma guise, un rameur, qui, ayant lâché l'aviron, s'était couché à plat sur le dos, la tête en bas, au fond de sa barque, et la laissant flotter à la dérive, ne pouvant voir que le ciel qui filait lentement au-dessus de lui, portait sur son visage l'avant-goût du bonheur et de la paix[2] ».

Jacques Lefelde semble bien un double de Proust lui-même. Il anticipe les nombreuses expériences d'*impressions privilégiées* qui seront ménagées au héros de la *Recherche* (haie d'aubépines, clochers de Martinville, arbres d'Hudimesnil) où la vivacité de l'inspiration poétique porte sur un objet naturel modeste : « tout d'un coup un toit, un reflet de soleil sur une pierre, l'odeur d'un chemin me faisaient arrêter par un plaisir particulier qu'ils me donnaient, et aussi parce qu'ils avaient l'air de cacher au-delà de ce que je voyais, quelque chose qu'ils invitaient à venir prendre et que malgré mes efforts je n'arrivais pas à découvrir[3] ». C'est tout l'effort de Jacques Lefelde, qui ayant renoncé à l'amour au profit des impressions profondes, annonce déjà l'ascèse du héros et Narrateur de la *Recherche* à la fin du *Temps retrouvé*.

Notes

Page 55.

1. *L'allée de la Reine Marguerite* : l'une des deux allées conservées sous le Second Empire du parc conçu sous François Ier et Henri IV, ainsi nommée en souvenir de Marguerite de Valois, épouse d'Henri IV, qui se réfugia,

1. *Correspondance*, t. XXI, p. 619.
2. *Recherche*, t. I, p. 168.
3. *Recherche*, t. I, p. 176.

après sa répudiation, au château de la Muette dans le bois.

Page 56.

1. *Le Gaulois* : journal quotidien publié de 1868 à 1929 (il fusionne alors avec *Le Figaro*), devenu conservateur depuis son rachat par Arthur Meyer (1844-1924) en 1879. Barbey d'Aurevilly, Huysmans, Maupassant ou Octave Mirbeau y collaborent. Les chroniques mondaines de l'époque signalent les départs de Paris et les arrivées sur les lieux de villégiature des figures connues.

Page 57.

1. Créé en 1750 (avant l'ouverture du musée du Louvre en 1793), le *musée du Luxembourg* est appelé, à l'époque de la jeunesse de Proust, le musée de l'Art vivant, exposant des toiles de peintres contemporains. En 1894, le legs de Gustave Caillebotte (1848-1894), essentiellement composé de toiles impressionnistes, suscite une polémique. Le musée accueille les œuvres de Puvis de Chavannes, Fantin-Latour et Renoir.

2. Transporté de Suisse et reconstruit sur la grande île du lac, à la demande de l'impératrice Eugénie, le *chalet de l'Île* (actuel Chalet des Îles) était un restaurant devenu peu à peu un café littéraire que fréquentèrent notamment Zola ou Proust. Le héros du *Côté de Guermantes* y invite Mme de Stermaria (*Recherche*, t. II, p. 678-681).

Page 58.

1. Ce passage évoque la rêverie de Jean-Jacques Rousseau séjournant sur l'île Saint-Pierre, se laissant aller à la dérive au fond d'une barque (dans la cinquième des *Rêveries du Promeneur solitaire*).

Variantes

Page 55.

a. Var. : *voyais*.

b. Var. : depuis que *j'habite Passy* ; ébauches : depuis que *je n'habitais plus le quartier le Pont des Arts. Il y a trois ans Un soir en rentrant chez moi par.*

c. Var. : *de juillet.*

d. Ébauche : Boulogne *par une fin d'après-midi.*

e. Ébauche : qui *marchait rapidement.*

f. Var. : ses « essais » *profonds et étranges.*

g. Ébauche : savez *quel esprit rare.*

h. Var. : *l'étrange imagination.*

Page 56.

a. Lecture conjecturale ; ajout en interligne.

b. *M.* : ajout interlinéaire.

c. Var. : où *etc.*

d. Une phrase en milieu de ligne : *il n'y a pas de train avant ½ heure.*

Page 57.

a. En interligne : *Toujours seul.*

b. Ébauche : abriter. *Mon ami lui dis-je je ne vous ai pas revu lui dis-je depuis le jour où vous m'avez aimablement conduit au Bois, je vous suis bien reconnaissant, je vous ai dû [*conjectural*] un grand plaisir. Allez-vous toujours.*

c. *Jacques... timide* : ajout interlinéaire.

d. Ébauche : Et puis *c'était le dernier jour de.*

Page 58.

a. Ébauche : finie. *Où pouvais-je mieux.*

b. Ébauche : et *les brumes endormies.*

c. Var. : *glissaient.*

d. Var. : *verdures.*

e. Var. : *étrangement.*

f. Var. : *le matelot.*

g. *À la fois* : ajout interlinéaire.

h. Var. : par *le soir.*

i. Ébauches : lumière. *En me faisant arriver à temps dans votre voiture, vous m'avez causé une bien grande Votre esprit a une telle Votre esprit est comme l'.*

j. Var. : *grand*.
k. Ébauche : les *espaces*.

AUX ENFERS

Notice

Cette pièce écartée s'offre comme un dialogue des morts ou un dialogue des orateurs (entre Samson, Quélus-Caylus et un contemporain de Proust, Ernest Renan, mort en octobre 1892) sur l'homosexualité : un exercice scolaire (le fonds de Bernard de Fallois contient également une dissertation littéraire de Proust lycéen reposant sur un dialogue des morts, réunissant Boileau, Guez de Balzac, Descartes, Sainte-Beuve et Victor Hugo sur la confrontation de la comédie et de la tragédie par Molière dans *L'École des femmes*), qui en respecte et en pastiche toutes les formes, sur un sujet interdit aux exercices scolaires, auprès duquel la dissertation de Gisèle au certificat d'études, dans *À l'ombre des jeunes filles en fleurs*[1], où Sophocle écrit des Enfers à Racine pour le consoler de l'insuccès d'*Athalie*, paraîtra bien anodine. À travers la faconde oratoire des savants, on voit aussi se préparer dans cette nouvelle la controverse entre Charlus et Brichot (ici Quélus et Renan), sur le même sujet, dans *La Prisonnière*, après l'audition du septuor chez les Verdurin[2]. Les vers de Vigny qui constitueront l'exergue de *Sodome et Gomorrhe* bien plus tard font ici une première apparition saisissante. Tout comme la poésie, qualifiée par ce Renan fictif de « folie divine », rejoint la *felix culpa* (faute bienheureuse) dans laquelle la théologie catholique voit le péché originel ayant permis la rédemption. Le titre de la pièce, « Aux Enfers »,

1. *Recherche*, t. II, p. 264-268.
2. *Ibid.*, t. III, p. 800-813.

superpose la situation antique permettant ce dialogue des morts et le châtiment menaçant les réprouvés tel Caylus.

Plusieurs nouvelles, publiées ou inédites, tentent de rendre possible l'aveu d'homosexualité au moment d'une agonie qui déplace la culpabilité dans une lumière de fin de vie. Un pas de plus est franchi ici, à la faveur d'une représentation païenne de l'au-delà, où l'on peut discourir à distance, selon le point de vue de Sirius, puisque plus aucune expérience humaine n'est à vivre, des situations allant jusqu'à la limite de l'intolérable dans le temps de la vie.

Le contexte de la jeunesse de Proust fait à plusieurs titres son apparition. Avec Quélus, dont le nom invite à songer au comte de Caylus, mignon d'Henri III : le personnage apparaît (également orthographié Quélus selon une tradition qui remonte d'ailleurs jusqu'à Pierre de l'Estoile) à l'occasion du duel des mignons avec Bussy, dans *La Dame de Monsoreau* d'Alexandre Dumas père, roman que Proust connaît en 1893[1] et qu'il relit en 1896. Plus encore, la conception développée par Samson se rapproche de la théorie que présentait naguère le lycéen à ses camarades du lycée Condorcet (ici Daniel Halévy) qui le trouvaient trop pressant : « J'ai des amis très intelligents, et d'une grande délicatesse morale, je m'en flatte, qui une fois s'amusèrent avec un ami... c'était le début de la jeunesse. Plus tard ils retournèrent aux femmes. [...] Je te parlerai volontiers de deux Maîtres de fine sagesse qui dans la vie ne cueillirent que la fleur, Socrate et Montaigne. Ils permettent aux tout jeunes gens de "s'amuser" pour connaître un peu tous les plaisirs, et pour laisser échapper le trop-plein de leur tendresse. Ils pensaient que ces amitiés à la fois sensuelles et intellectuelles valaient mieux que les liaisons avec des femmes bêtes et

1. Voir *Les Grands Romans d'Alexandre Dumas : La Reine Margot, La Dame de Monsoreau*, Paris, Robert Laffont, « Bouquins », p. 1235-1236 et 1257. – Voir Proust, *Correspondance*, t. I, p. 245, où il déplore la pièce de théâtre tirée du roman, et t. II, p. 106.

corrompues quand on est jeune et qu'on a pourtant un sens vif de la beauté et aussi des "sens[1]". »

Le milieu familial projette aussi son ombre sur ces pages. L'albuminurie, exemple médical choisi par Renan, est une maladie récurrente dans le versant maternel de son ascendance. Et les considérations des médecins sur la folie des poètes sont formulées peu de temps avant qu'Adrien Proust ne publie en 1897 *L'Hygiène du neurasthénique* ; dans *Le Côté de Guermantes*, la tirade du docteur du Boulbon sur le lien entre maladie et génie corrigera ce premier point de vue[2].

Mais ces poètes peut-être fous offrent l'avantage, est-il souligné, de déplacer notre point de vue sur les choses. C'est la première fois, et donc sans encore l'exemple de Giraudoux qui inspirera le passage de la *Recherche*, qu'apparaît sous la plume de Proust ce qui sera, dans *Le Côté de Guermantes*, « le nouvel écrivain[3] ». La femme moderne, qu'on verra invoquée ici, deviendra la femme peinte par Renoir qu'on retrouve dans la rue, ou la Parisienne telle Albertine, sur les épaules de laquelle Fortuny a déposé un manteau extrait d'une toile de Carpaccio à Venise[4].

Ainsi l'écrivain en herbe dépose-t-il, dans ce dialogue oratoire et humoristique, tout un fonds qui ne demandera que des contextes romanesques pour se développer en tous sens.

Notes

Page 59.

1. Jacques de Lévis, comte de Caylus ou *Quélus* (1554-1578) : mignon du roi Henri III (1551-1589).

2. *Samson* est un personnage biblique apparaissant dans le Livre des Juges (Ancien Testament). Il fut trahi

1. *Ibid.*, t. I, p. 124.
2. *Recherche*, t. II, p. 600-601.
3. *Ibid.*, t. II, p. 622-623.
4. *Ibid.*, t. IV, p. 225-226.

par Dalila qui lui fit révéler le secret de sa force (sa chevelure). Le peintre flamand Rubens – que Proust cite souvent – représenta *Samson et Dalila* en 1609-1610. Proust connaît par ailleurs, sous le même titre, l'opéra de Camille Saint-Saëns (1835-1921) créé en 1877 : une lettre de l'été 1893 (*Correspondance*, t. I, p. 212) montre qu'il en apprécie les chœurs (acte I, scène II, chœur des Hébreux).

3. Voir Alfred de Vigny, « La colère de Samson », dans *Les Destinées*, v. 78-80.

Page 60.

1. Le *ceste* est un gantelet de cuir souvent garni de plomb, qui servait aux athlètes de l'Antiquité pour combattre à coups de poings dans les jeux publics. Le prix du ceste désignait le prix donné au vainqueur (Littré).

Page 61.

1. *J'ai écrit sur elles des pages...* : on ne connaît pas d'écrits attribués à Caylus.

2. *Les femmes me furent à la fois madones et nourrices* : Geneviève Straus (1849-1926), mère de son camarade Jacques Bizet, joua un tel rôle dans la vie de Proust.

3. Ernest *Renan* (1823-1892), écrivain historien dont Proust connaît bien les œuvres : il cite en décembre 1892 (*Correspondance*, t. I, p. 193) son *Histoire des origines du christianisme* (en sept volumes, 1863-1883), dont la *Vie de Jésus* (1863 et 1867), immédiatement mise à l'index par l'Église.

Page 62.

1. Dans la lettre sur la pédérastie à son camarade de classe Daniel Halévy (voir la Notice), à l'automne 1888, Proust rappelle : « Je te parlerai volontiers de deux Maîtres de fine sagesse qui dans la vie ne cueillirent que la fleur, Socrate et Montaigne » (*Correspondance*, t. I, p. 124).

2. *L'Orient* occupe une grande place dans les ouvrages

historiques de Renan, notamment dans son *Histoire générale et système comparé des langues sémitiques* (Paris, Imprimerie impériale, 1855, rééd. 1863). Voir Perrine Simon-Nahum, « L'Orient d'Ernest Renan : de l'étude des langues à l'histoire des religions », *Revue germanique internationale*, n° 7, 2008, p. 157-168.

3. *L'amour [...] est [...] une maladie* : Hippocrate et Érasistrate, médecins de la Grèce antique, diagnostiquèrent la maladie d'amour. Une toile de Jacques-Louis David (1748-1825) représente *Érasistrate découvrant la cause de la maladie d'Antiochus* (1774).

Page 63.

1. Désignant la marque que les Anciens mettaient sur le front des criminels, la *notation d'infamie* signifiera par la suite, au sens figuré, le fait de couvrir de honte.

2. Dans *Le Côté de Guermantes*, le docteur du Boulbon, au lieu de soigner la grand-mère du héros qui vient d'avoir une attaque, se lance dans une tirade sur le génie des grands nerveux : « Tout ce que nous connaissons de grand nous vient des nerveux. Ce sont eux et non pas d'autres qui ont fondé les religions et composé les chefs-d'œuvre. Jamais le monde ne saura tout ce qu'il leur doit et surtout ce qu'eux ont souffert pour le lui donner. Nous goûtons les fines musiques, les beaux tableaux, mille délicatesses, mais nous ne savons pas ce qu'elles ont coûté à ceux qui les inventèrent, d'insomnies, de pleurs, de rires spasmodiques, d'urticaires, d'asthmes, d'épilepsies, d'une angoisse de mourir qui est pire que tout cela » (*Recherche*, t. II, p. 601).

Page 64.

1. *Bienheureuse maladie, folie divine* : adaptation de l'expression *felix culpa* (faute bienheureuse), désignant le fait que le péché originel occasionna la venue du Messie (Jésus-Christ) dans le monde. La formule se trouve dans l'*exultet*, chanté dans la liturgie catholique au moment où est allumé, au cours de la veillée précédant Pâques, le cierge

pascal : « *O felix culpa, quae talem ac tantum meruit habere Redemptorem !* » (« Ô faute bienheureuse, qui nous valut un tel Rédempteur ! »).

Variantes

Page 59.

a. Var. : *salue légèrement*.
b. Var. : *avez*.
c. Var. : *par*.

Page 60.

a. *Et à vos pareils* : ajout interlinéaire.
b. *Plus riche* : ajout interlinéaire.
c. Var. : *séductions*.

Page 61.

a. Var. : *le long d'*un.
b. Var : *le* déconseillèrent aux meilleures d'entre elles. Ici un paragraphe barré : *Un philosophe passe. Taisez-vous Quélus et ne parlez pas des femmes avec un détachement que vous n'eûtes pas toujours. Et puis vous êtes au moment de comparaître devant le Juge et vous feriez mieux de vous repentir. Certes.*
c. *En effet* : ajout interlinéaire.
d. *Plutôt* : ajout interlinéaire.
e. Var. : *fidèle exact*.

Page 62.

a. Var. : *nulle critique*.
b. *Mériter maladroitement d'* : ajout interlinéaire.
c. Var. : *est*.

Page 63.

a. *Pourtant* : ajout interlinéaire.
b. Var. : de *prendre comme mets* le plus exquis.
c. Phrase barrée : *Les fruits les plus exquis sont à votre portée, il est imprudent de vous en passer*.
d. Var. : Posture *étrange, bien que* ni.

e. Var. : *faute*.
f. Lecture conjecturale.

Page 64.

a. Var. : *prendre*.

APRÈS LA 8e SYMPHONIE DE BEETHOVEN

Notice

Ce texte écrit sur deux pages repose sur le jeu de l'énigme : on croit lire un monologue amoureux, jusqu'à ce que les tout derniers mots redisposent la signification de l'ensemble. Proust semble déjà avoir été mis en contact avec la théorie de Schopenhauer – qui nourrira si efficacement les descriptions musicales des œuvres de Vinteuil – selon laquelle l'auditeur d'un morceau, mis en présence à titre exceptionnel par la musique de la voix de la Volonté, applique sur cette voix les Représentations que lui fournit sa fantaisie, et met ainsi en rapport instinctivement la mélodie et des images, sans que rien puisse justifier cette mise en rapport. Un substrat philosophique transparaît très discrètement dans ces lignes : l'essence insaisissable dans ses manifestations, la forme échappant à sa matière (Aristote), l'infini se réduisant au fini (Schelling). Mais l'allusion à la parole christique, « mon royaume n'est pas de ce monde », entoure ces considérations d'une auréole mystique fin-de-siècle que l'on retrouve dans les exergues à travers tout le recueil des *Plaisirs et les Jours*.

Au voisinage du verbe *refouler* (p. 66), la psychanalyse interpréterait par rapport à l'asthme de Proust les images de l'air que l'on respire, remplissant l'espace ou rencontrant des limites et des parois, dans un contexte de désir qui s'échange ou ne se communique pas. Une autre allusion évangélique, à la promesse faite par l'ange

« aux hommes de bonne volonté », réapparaîtra un jour, dans *La Fugitive*, au moment où le héros de la *Recherche* arrivé à Venise aperçoit l'Ange du Campanile et songe avec mélancolie à cette promesse, pour lui encore inaccomplie[1]. Entre-temps, la mélodie virevoltante de la sonate de Vinteuil aura incarné devant Swann cette essence insaisissable de l'amour, et au-delà de la vie. Devant cette beauté transitoire, le jeune auditeur d'aujourd'hui médite sur le phénomène du charme ; bien plus tard, le baron de Charlus voudrait rebaptiser Charmel le violoniste Morel. La *fantaisie*, qui reconstruit ici le royaume de la musique, est le lointain ancêtre de l'*âge des croyances* qui sera un jour la première étape dans l'évolution du héros de la *Recherche*.

Ce texte trouvera un prolongement dans une chronique intitulée « Un dimanche au Conservatoire », que publie *Le Gaulois* le 14 janvier 1895[2], reposant sur l'écoute de la 5e symphonie de Beethoven.

Notes

Page 66.

1. La comparaison peut être inspirée par l'asthme sévère dont est atteint Proust.

Page 67.

1. Le philosophe Friedrich Wilhelm von Schelling (1775-1854) définit l'art comme la saisie de l'infini dans le fini et du fini dans l'infini (*Système de l'idéalisme transcendantal*, 1800, trad. française en 1842).

2. Ainsi se présentera la petite phrase de la sonate de Vinteuil devant Swann amoureux d'Odette : « Il avait éprouvé pour elle comme un amour inconnu. / D'un rythme lent elle le dirigeait ici d'abord, puis là, puis ailleurs, vers un bonheur noble, inintelligible et précis. Et tout d'un coup, au point où elle était arrivée et d'où il se

1. *Recherche*, t. IV, p. 202.
2. Voir *Essais et articles*, p. 367-372.

préparait à la suivre, après une pause d'un instant, brusquement elle changeait de direction et d'un mouvement nouveau, plus rapide, menu, mélancolique, incessant et doux, elle l'entraînait avec elle vers des perspectives nouvelles » (*Recherche*, t. I, p. 206-207).

3. Ces expressions se rapprochent de la métaphysique de la musique d'Arthur Schopenhauer (1788-1860) dans *Le Monde comme volonté et comme représentation* (1819 ; traduit par Auguste Burdeau, Paris, Félix Alcan, 3 vol., 1888-1890). Le philosophe explique (t. I, p. 268-276) que le privilège de la musique est de faire entendre la voix même de la Volonté (vouloir-vivre) qui d'ordinaire ne s'exprime qu'à travers le monde des Représentations. D'où résulte que quand l'esprit humain entend la musique, son habitude de vivre dans le monde des Représentations l'amène à superposer à ce qu'il entend des images, des paysages, sans qu'il puisse justifier le rapport entre les sons entendus et les spectacles imaginés. C'est que la musique constitue « la copie d'un modèle qui lui-même ne peut jamais être représenté directement » (p. 268). « De là vient que l'imagination est si facilement éveillée par la musique. Notre fantaisie cherche à donner une figure à ce monde d'esprits, invisible et pourtant si animé, si remuant, qui nous parle directement ; elle s'efforce de lui donner chair et os, c'est-à-dire de l'incarner dans un paradigme analogue, tiré du monde réel » (p. 273). Dès lors, « pendant que nous sommes tout occupés à écouter l'exécution d'une symphonie, il nous semble voir défiler devant nous tous les éléments possibles de la vie et du monde ; pourtant, si nous y réfléchissons, nous ne pouvons découvrir aucune analogie entre les airs exécutés et nos visions ». C'est que « la musique exprime ce qu'il y a de métaphysique dans le monde physique, la chose en soi de chaque phénomène » (p. 274).

4. Deux pages manuscrites à part pourraient se rattacher à cette parabole : nous les publions ici (p. 68-69). La doctrine de Schopenhauer concernant la musique y est

infléchie vers une compensation de l'incommunicabilité entre les âmes.

Page 69.

1. *Migration de l'âme* : la métempsycose, transmigration des âmes de corps en corps, renvoie à la philosophie grecque, celle des Pythagoriciens puis de Platon (*Timée*). Au seuil de *Du côté de chez Swann*, l'esprit qui s'endort puis se réveille se trouve dans le monde « comme après la métempsycose » (*Recherche*, t. I, p. 3).

Variantes

Page 66.

a. Début ébauché plusieurs fois : *Parfois dans l'éclat de la beauté d'une femme, dans les perspectives que nous ouvre l'amabilité d'un homme ou* ; *Parfois au milieu des feux dont rayonne une belle femme, dans l'avenir* ; *Nous entendons quelquefois, à voix basse, de celle d'entre nous, indistincte et présente, si fausse que souvent nous doutons après cela si nous ne l'avons pas entendu en rêve. Parfois la beauté d'une femme, l'amabilité ou la singularité d'un homme, le prestige d'une circonstance nous [murmurent] disent tout bas, comme ces mots, malentendus qu'on croit.*

b. *Ou la singularité* : ajout interlinéaire.

c. Ébauche barrée : circonstances *nous murmurer, d'une voix indistincte.*

d. Var. : nous *murmurer les promesses.*

e. Var. : *comme ainsi.*

f. Ébauche : espaces, *si après lui avoir.* Autre ébauche : *Si un espace où est contenu de l'air s'agrandit, l'air se précipite et l'occupe tout entier.*

g. Ébauche : voix. *Ils m'ont.*

h. Var. : *laisser.*

i. Var. : *connue.*

Page 67.

a. Var. : *avec ; à* ma fantaisie.
b. Var. : *commander.*
c. Var. : *monde.*
d. Var. : regard *que nous rendons avec un sourire et qui nous est renvoyé.*
e. Ébauche : beauté, *puis un geste.*
f. Var. : *péril.*
g. Ébauche : de glisser, *de nager.*

Page 68.

a. *Trop sérieuse... chargée* : ajout interlinéaire.
b. Ébauche : mélange. *Pour que nous en ayons plus que le frisson de leur pressentiment, il nous faudrait [*voir plus loin*].*
c. Var. : *avoir.*
d. Ébauche : il faudrait *que nous ayons.*
e. Var. : *leurs.*
f. Ébauche : corps. *Or pour que notre corps aussi puisse jouir de cette fête, que car la fête serait plus enivrante.*
g. En interligne : *la fête serait plus belle.*
h. *Nous* : ajout interlinéaire.
i. *Même* : ajout interlinéaire.

LA CONSCIENCE DE L'AIMER

Notice

Ce texte, fortement raturé, est écrit sur deux pages. Ce conte est le miroir inversé du « Corbeau » d'Edgar Poe que Proust connaissait[1], où un jeune homme souffrant de solitude voit entrer dans sa chambre un corbeau, qui répond systématiquement « *nevermore* » (« jamais plus ») à ses plaintes, ce qui le pousse au désespoir. Ici la souffrance

1. *Correspondance*, t. X, p. 91.

amoureuse s'extériorise en un animal soyeux dont la compagnie invisible aux autres console l'amoureux éconduit. Encore le narrateur prend-il assez de recul pour suggérer que s'est écoulée pour lui toute une vie de semblable solitude : le réconfort est ainsi mitigé et peut-être poignant. Par là, ce court texte se rattache aux nouvelles de *fin de vie* présentes dans le recueil. S'y rattache aussi ce personnage de roman mondain (Proust lira plus tard, en 1909, *Ginette Chatenay* de Georges de Lauris, modèle du genre), rappelé à la réalité par son domestique et montant dans un fiacre – comme plus tard Swann.

Une intense ambiguïté traverse ces lignes, entre le refus exprimé ou supposé de l'aimée, l'identité allégorique de l'écureuil-chat, la consolation ou l'accompagnement du désespoir apportés au solitaire par son compagnon secret. Proust hésite entre l'analyse et la parole (les *vous* étant remplacés par des *il*), qui se chevauchent dans les phrases récrites, la parole directe permettant une entrée *in medias res* dans le problème psychologique, ce dont le dialoguiste de la *Recherche* saura se souvenir.

Le domestique interrompant la solitude du sujet annonce ici le valet de chambre réveillant Swann à l'issue de son rêve, à la fin d'« Un amour de Swann », et Françoise annonçant au héros que « Mademoiselle Albertine est partie », à la charnière de *La Prisonnière* et de *La Fugitive*.

L'auteur des *Plaisirs et les Jours* projette ici un tourment amoureux inavouable dans la fable d'un animal mystérieux, qui est l'ailleurs d'un univers musical. Dès son titre, « La conscience de l'aimer », ce texte prépare le rôle des *prises de conscience* dans l'évolution du héros de la *Recherche*, qui circule dans le monde en étant habité par une préoccupation intérieure qui échappe à tous.

Notes

Page 70.

1. Quand Swann réentend la sonate de Vinteuil chez la marquise de Saint-Euverte, vers la fin d'« Un amour

de Swann », la musique lui restitue « les refrains oubliés du bonheur » (*Recherche*, t. I, p. 339).

Page 72.

1. Gabriel *Fauré* (1845-1924) est l'auteur de nombreuses mélodies pour voix et piano, notamment, dans la tonalité du récit : « Rêve d'amour » (1875), « Tristesse » (1876), « Notre amour » et « Le secret » (1882), « Larmes » et « Spleen » (1888), « Avant que tu ne t'en ailles » (1891-1892, pièce n° 6 du cycle *La Bonne Chanson* d'après Verlaine). César Franck (1822-1890), envisagé dans une rature, inspirera le rapport entre la sonate et le septuor de Vinteuil dans la *Recherche* ; ses mélodies sont moins connues et moins nombreuses : on peut citer « Aimer » (1849) et « Le vase brisé » (1889) d'après le poème de Sully Prudhomme. Robert Schumann (1810-1856), également envisagé dans une rature, est un des compositeurs favoris de Reynaldo Hahn, musicien ami de Proust ; son cycle *Frauenliebe und -leben* (1840), composé d'après un recueil de poèmes d'Adelbert von Chamisso, donne la parole à la femme.

Variantes

Page 70.

a. Autre début barré dans le manuscrit : *Je venais de m'apercevoir pour la première fois avec une clarté parfaite que je l'aimais et que, probablement, je n'étais pas aimé et ne le serais peut-être jamais et qu'il y avait beaucoup de chances pour que je n'en fusse jamais aimé. Aussi.*

b. Var. : *dans.*

c. Ébauche barrée : l'attente *qui avait suivi.*

d. Var. : *qu'un fiacre.*

e. Var. : m'attendait *pour* aller.

f. Var. : *trempé.*

g. Phrase barrée en interligne : *Il avait eu la négligence de laisser la porte ouverte.*

h. Var. : et *partis*.
i. Var. : *grands*.
j. *Sur la tête* et *haute* : ajouts interlinéaires.
k. Passage ajouté dans les interlignes, jusqu'à *Effrayé*.

Page 71.

a. Var. : *Je me précipitai dans l'escalier*.
b. Var. : *mieux*.
c. *Arrivé chez mes amis* : ajout interlinéaire.
d. Var. : parmi *tant d'inconnus*.
e. Var. : *votre*.
f. Var. : *vous vous installez*.
g. Var. : *coussin*.
h. Var. : dos *pour porter mes deux pieds*.
i. Ébauche : fourrure, *je me sentis consolé*.
j. Var. : *la tête*.
k. Ébauche : calme, *et j'étais fier et consolé de ce précieux trésor ignoré de tous qui m'était survenu. « Vous avez là une jolie bête » me dit mon ami*.
l. Var. : *ignoré. Aimable bête sans bruit que vous m'avez tenu compagnie [dans ma vie] durant ma vie que vous avez mystérieusement et mélancoliquement ornée*.

Page 72.

a. Var. : *bleu*.
b. Var. : me monter *au bord des* yeux.
c. Phrase ajoutée en interligne, jusqu'à *Fauré*.
d. Var. : *Franck* ; *Schumann* [ébauché].

LE DON DES FÉES

Notice

Ce conte de fées à demi inversé relate ce que disent les bonnes fées sur le berceau de celui dont la destinée est de souffrir par excès de sensibilité. On y entend comme le discours intérieur du jeune Marcel Proust, hypersensible et voué à la maladie : la fée extériorise son pacte résigné face à une telle vie. Le don, le génie intérieur du sujet n'est pas sans rappeler le *daïmon*, démon intérieur qui habite Socrate dans l'*Apologie de Socrate* de Platon, sur laquelle on trouve des notes de Proust dans ses papiers scolaires.

Il restera quelque chose de cette situation dans la toute dernière séquence du *Temps retrouvé*, le « Bal de têtes », le Narrateur de la *Recherche* insistant alors sur le caractère *féerique* de cette ultime réception mondaine qui ressemble à un bal masqué. On remarquera ici la façon dont l'apologue remplace peu à peu le conte. Cette dialectique du féerique et du réalisme travaille tout le recueil des *Plaisirs et les Jours*.

Le conte se décompose en deux textes disparates, et dont l'état d'avancement est différent. Le premier prépare l'essai sur Chardin et Rembrandt (1895), mais non encore revêtu de la forme de l'apologue : « Prenez un jeune homme de fortune modeste[1] », etc. On y voit développés les dons distribués par les bonnes fées. Le sujet est alors le théâtre d'*illuminations* qui préparent celles, éparses dans le temps perdu, du héros de la *Recherche*, jusqu'aux révélations finales qu'un brouillon du *Temps retrouvé* appellera des « illuminations à la Parsifal[2] ».

Et en contrepartie les fées déversent sur le futur être de génie la perspective de toute une vie de souffrance, qui ferait volontiers prononcer au jeune homme accablé la formule de Baudelaire : « J'ai plus de souvenirs que si j'avais mille ans » (« Spleen », dans *Les Fleurs du Mal*).

Un ami épisodique de Proust, René Peter, qui a fréquenté l'auteur sensiblement plus tard, en 1906, a témoigné de ce que « Marcel aimait beaucoup cette expression de "vieux" en parlant de lui-même, se vieillissant d'une façon exagérée et presque ridicule », et qu'ainsi l'homme

1. *Essais et articles*, p. 372.
2. *Recherche*, t. IV, p. 1389.

de trente-cinq ans frappait par « cette différence d'âge fictive » instaurée avec les autres[1]. On en lira ici l'origine et les raisons affectives.

Le renoncement aux plaisirs des sorties est ici opposé à la contemplation de tel arbre, de telle branche, dont Reynaldo Hahn a laissé un témoignage célèbre s'agissant de Proust[2] et qui, du côté de la fiction, rend d'autant plus poignante l'exclamation du héros du *Temps retrouvé* : « Arbres, vous n'avez plus rien à me dire[3] », s'ils furent les interlocuteurs obligés de celui qui ne put vivre pleinement.

Surtout, on verra esquissée avec une étrange netteté la situation du héros de la *Recherche* espérant anxieusement pouvoir retrouver Gilberte aux Champs-Élysées. Il s'agit ici de rejoindre un petit garçon, ce qui explique ses manières un peu rudes, dont quelque chose restera attaché à Gilberte. On examinera les variantes pour découvrir par quel jeu préventif le narrateur fait s'adresser la fée à une petite fille, pour que ce glissement l'autorise à espérer vivement rejoindre un camarade.

Dans la tonalité des textes écartés du recueil *Les Plaisirs et les Jours*, la seconde partie de la nouvelle est l'un des documents donnant le plus intensément l'étymologie biographique des épisodes romanesques ultérieurs.

Notes

Page 73.

1. Ce don caché sera, pour le héros de la *Recherche*, sa vocation – « la vocation invisible dont cet ouvrage est l'histoire », lit-on incidemment dans *Le Côté de Guermantes* (*Recherche*, t. II, p. 691). Les brouillons du *Temps*

1. René Peter, *Une saison avec Marcel Proust*, Paris, Gallimard, 2005, p. 31 et 32.
2. Dans son article « Promenade » publié dans *La NRF* en 1923 (n° 112).
3. *Recherche*, t. IV, p. 433.

retrouvé destinés à la dernière « Matinée chez la princesse de Guermantes » font apparaître la prise de conscience de cette vocation comme des « illuminations à la Parsifal » (t. IV, p. 1389), raison pour laquelle le morceau de musique joué au salon était le deuxième acte de *Parsifal* (*ibid.*, p. 799, 812 et 946).

2. Les *bons génies* sont des figures des *Mille et Une Nuits* ou *Contes arabes*. Proust comparait les deux traductions d'Antoine Galland (1646-1715) et de Victor Mardrus (1868-1949) (voir *Correspondance*, t. XV, p. 150 et t. XVIII, p. 594). On verra le Narrateur de *Sodome et Gomorrhe* lire « à la fois *Les Mille et Une Nuits* de Galland et *Les Mille et Une Nuits* de Mardrus » (*Recherche*, t. III, p. 230 ; voir aussi p. 231). Devant une question, il souhaiterait, dans *La Prisonnière*, « être un de ces personnages des *Mille et Une Nuits* que je relisais sans cesse et où dans les moments d'incertitude surgit soudain un génie ou une adolescente d'une ravissante beauté, invisible pour les autres, mais non pour le héros embarrassé, à qui elle révèle exactement ce qu'il désire savoir » (t. III, p. 753). Il annonce à la fin du *Temps retrouvé*, à propos du livre qu'il s'apprête à entreprendre : « Ce serait un livre aussi long que *Les Mille et Une Nuits* peut-être, mais tout autre », parce « qu'on se trouve parfois rencontrer ce qu'on a abandonné, et avoir écrit, en les oubliant, les "Contes arabes" [...] d'une autre époque » (t. IV, p. 611).

3. Tel est l'argument du texte de 1895 sur Chardin et Rembrandt (*Essais et articles*, p. 372-382) : le jeune homme, dégoûté par l'intérieur bourgeois et la table desservie de sa famille, se rend au Louvre et découvre le même ordre de réalités magnifiées par les grands peintres.

Page 74.

1. Proust lycéen ne plaçait pas au-dessus de tout le peintre de la Renaissance italienne *Raphaël* (1483-1520). Il évoque en 1888 auprès de son camarade Robert Dreyfus « ces vierges naïves de Luini [Bernardino] ou

de Botticelli, que je préfère de beaucoup à celles de Raphaël » (*Correspondance*, t. I, p. 118). Le Narrateur de la *Recherche*, qui dans *La Prisonnière* se souvient que Balzac pouvait trouver rétrospectivement à tel ou tel de ses romans « la pureté d'un Raphaël » (*Recherche*, t. III, p. 666), dans *Le Temps retrouvé* rivalise avec le peintre pour décrire le Paris hivernal de la guerre : « Les silhouettes des arbres se reflétaient nettes et pures sur cette neige d'or bleutée, avec la délicatesse qu'elles ont dans certaines peintures japonaises ou dans certains fonds de Raphaël » (t. IV, p. 314).

2. Camille *Corot* (1796-1875) : peintre paysagiste et portraitiste. – Le Narrateur de *Du côté de chez Swann* prêtera cette tournure d'esprit à sa grand-mère qui, souhaitant ajouter à la réalité « comme plusieurs "épaisseurs" d'art », recherche « des photographies de la cathédrale de Chartres par Corot » (*Recherche*, t. I, p. 40).

3. Une page de *Du côté de chez Swann* recueille et applique cette leçon de peinture, quand le héros surveille le treillage de la ferronnerie sur son balcon, pour savoir s'il fera soleil et s'il pourra retrouver Gilberte aux Champs-Élysées (*Recherche*, t. I, p. 389).

4. Jean Siméon *Chardin* (1699-1779) : peintre notamment de natures mortes. – Antoine *Van Dyck* (1599-1641) : peintre flamand. En août 1895, Jeanne Proust raconte à son fils Marcel une scène cocasse d'un groupe de touristes anglais au Louvre autour d'un portrait du roi Charles Ier d'Angleterre (voir *Correspondance*, t. I, p. 424). Le jeune homme du texte sur Chardin et Rembrandt (voir p. 73, n. 3) va chercher au Louvre « des visions [...] de princes à la Van Dyck » (*Essais et articles*, p. 373). La dédicace des *Plaisirs et les Jours* (p. 6) à Willie Heath rappelle que le jeune homme, disparu en octobre 1893, ressemblait par « l'élégance pensive » « à un de ces seigneurs qu'a peints Van Dyck ». Un des « Portraits de peintres » lui est consacré (*Les Plaisirs et les Jours*, p. 81). – *Rembrandt* (1606 ou 1607-1669) : peintre hollandais. Un questionnaire contemporain rempli par Proust nomme, comme ses peintres pré-

férés, Léonard de Vinci et Rembrandt (*Essais et articles*, p. 337). Il célébrera encore en 1897, citant la prose d'un chroniqueur contemporain (Albert Flament), « la patine de Rembrandt » (*Correspondance*, t. II, p. 224). On compte douze mentions du peintre au fil de la *Recherche*.

5. Ici commence une autre variation sur le même thème.

Page 75.

1. Ce furent les réactions des camarades de lycée de Proust, tels Jacques Bizet ou Daniel Halévy.

Page 76.

1. Cette matière première sera développée dans le troisième chapitre de *Du côté de chez Swann*, « Noms de pays : le Nom », où le héros retrouve Gilberte Swann aux Champs-Élysées. On notera à travers les ratures que Proust s'embrouille, en cherchant à ne pas faire apparaître qu'il s'agissait de retrouver un petit garçon.

2. Réminiscence de Baudelaire : « J'ai plus de souvenirs que si j'avais mille ans » (« Spleen », dans *Les Fleurs du Mal*). Voir aussi la Notice ci-dessus.

Page 77.

1. En 1899, Proust décrira à Douglas Ainslie le « combat inégal et sacré » que se livrent en lui la vocation et la maladie : « Je ne vais nulle part et mon temps est affranchi de toute obligation mondaine. Il n'est retenu que par la maladie qui s'en est réservé la plus grande part, presque toute maintenant, hélas, et par le Désir de la Beauté et la Recherche de la Vérité qui la [le] lui disputent, sans succès d'ailleurs jusqu'ici » (*Correspondance*, t. II, p. 378-379). Il perçoit le lien direct qui unit la réclusion et l'enrichissement de la vie intérieure, écrivant à ses amis Antoine Bibesco et Bertrand de Fénelon : « J'envie chacun de vous de voir l'autre, tandis que je vais changer de côté dans mon lit, pour toutes distractions. Mais que de lieues je fais dans mon esprit et dans mon cœur pen-

dant ce repos apparent ! » (t. III, p. 62). Il écrit encore en 1908 : « C'est le privilège de ceux qui vivent toujours seuls de se faire dans leur cerveau des substituts des personnes réelles et de pouvoir aimer sans jamais voir » (t. VIII, p. 84) ; et l'année suivante : « Ma vie solitaire m'a permis de recréer par la pensée ceux que j'aimais » (t. IX, p. 203). La parole de la fée revêt ainsi une portée prémonitoire, dans la vie de Proust.

2. On comprend maintenant que Proust se souvenait de ce texte quand il écrit à propos de Ruskin, dans l'article « John Ruskin (deuxième article) » donné à la *Gazette des Beaux-Arts* du 1er août 1900 : « Il aura été un de ces "génies" dont même ceux d'entre nous qui ont reçu à leur naissance les dons des fées ont besoin pour être initiés à la connaissance et à l'amour d'une nouvelle partie de la Beauté » (*Pastiches et Mélanges*, p. 129).

Variantes

Page 73.

a. Var. : feront *la joie ou le malheur* de notre vie *en tant d'autres [*interrompu*]*. Ébauche : *Nous apprenons assez vite à nous servir de ceux qui*.

b. *Et de nous-même* : ajout interlinéaire.

c. Ébauche : souffrir. *Mais pour nous gardons souvent longtemps les autres les présents*.

d. Ébauche : autres. *La plupart d'entre nous restent longtemps Au fond de la plupart de nous*.

e. Var. : *est caché*.

f. Ébauche : génie *vienne*.

Page 74.

a. Var. : des *trésors inemployés*.

b. Ébauche : que *grandissent*.

c. Ébauche : employant. *Je voudrais aujourd'hui parler un peu du service que nous rendent remercier quelques-uns de*.

d. Var. : *Parmi*.

e. Ébauche : bienfaiteurs, *les peintres ont*.

f. Ébauche : peintres. *Qui de nous revenu d'une visite*.

g. Ébauche : je ne *quitte pas*.

h. Début de phrase barré en haut de page : *Contrainte par l'inexorable destin*.

i. Var. : *apporté*.

j. Var. : *la vertu*.

k. Var. : *Malgré ces dons* tu.

l. *Hélas !* : ajout interlinéaire.

m. Var. : *Et* je.

n. Ébauches dans le manuscrit : encore. *Tu seras sans défense contre les méchants. Leur prêtant naturellement Apercevant leur âme reflétée dans la tienne*.

o. Var. : *la plus naturelle* indifférence.

p. Var. : *la moins amère* ironie.

Page 75.

a. Ébauche : caresses, *comme les chats mordent au milieu des caresses et griffent pendant qu'ils font pattes de velours*.

b. Ébauche : pas. *La moindre sympathie te fera tant de bien, ramènera tant partagée ta tendresse sera tellement plus subtile*.

c. Passage barré dans le manuscrit : *Garde-la pourtant [malgré que] sans espérer [rencontrer] en faire jamais [cœur] échange avec personne. Si l'on n'est pas tendre pour toi, [un jour tu pourras réjouir un malheureux en étant tendre pour lui] tu auras pourtant occasion d'être tendre, et tu répandras généreusement ce parfum inconnu et exquis aux pieds lassés de ceux qui souffrent*.

d. Ébauche : tendresse *que tu éprouves*.

e. Ébauche : Tu *seras toujours*.

f. Var. : Tu *dormiras mal*.

g. Var. : *Tous* tes.

h. Var. : les *petites filles*.

i. Var. : *un petit garçon*.

j. Var. : de *le* trouver moins *beau*.

k. Var. : *seule*.

l. *Le moment* : ajout interlinéaire.
m. Var. : *le*.

Page 76.

a. Var. : les *petites filles*.
b. Var. : *deviennent coquettes*.
c. *Répondant à tes parents* : ajout interlinéaire.
d. Ébauche : tu *secoueras*.
e. *Et des airs* : ajout interlinéaire.
f. Var. : avec *joie*.
g. Var. : *à*.
h. Var. : *à*.

Page 77.

a. Var. : *jugeras*.
b. Var. : *montre*.
c. Une phrase composée d'expressions barrées figure ici dans le manuscrit.
d. Var. : *pourtant*.

« C'EST AINSI QU'IL AVAIT AIMÉ... »

Notice

Nouvelle parabole sur le rapport entre la souffrance et le bonheur qui recourt au Dieu créateur – moyen de resserrer la question morale en l'épurant de ses applications dans la société. Quand le héros d'*À l'ombre des jeunes filles en fleurs* entrera dans l'atelier du peintre Elstir, le Narrateur soulignera « que si Dieu le Père avait créé les choses en les nommant, c'est en leur ôtant leur nom, ou en leur en donnant un autre qu'Elstir les recréait[1] ». La parabole des oiseaux migrateurs annonce la comparaison qu'établira plus tard l'écrivain, entre le développement

1. *Recherche*, t. II, p. 191.

d'une vocation artistique et l'orientation d'un pigeon voyageur, parce que « le talent choisit, le génie oriente[1] » ; aussi l'écrivain suit-il sa destinée créatrice « avec la certitude du ramier suivant la route invisible[2] ».

Notes

Page 79.

1. Réminiscence du poème de Baudelaire « L'albatros » (*Les Fleurs du Mal*), où l'oiseau représente le poète. Dans une lettre à sa mère de 1899, Proust s'applique l'image : « Il est vrai que je n'ai pas d'ailes. Mais pour quelqu'un qui en aurait, pour un talent véritable, le vers de Baudelaire "Ses ailes de géant l'empêchent de marcher" [...] me semble plus vrai » que le distique d'Antoine-Marin Lemierre (1723-1793) : « Même quand l'oiseau marche, / On sent qu'il a des ailes » (*Correspondance*, t. II, p. 344).

2. Le rôle de la souffrance sera une constante dans l'esthétique de Proust, qui écrit à sa mère en 1902 : « Le travail littéraire fait un perpétuel appel à ces sentiments qui sont liés à la souffrance » (*Correspondance*, t. III, p. 109), et le Narrateur du *Temps retrouvé* postulera que « les idées sont des succédanés des chagrins » (*Recherche*, t. IV, p. 485).

Variantes

Page 78.

a. Ébauche : Dieu *avait*.
b. Var. : qu'il *ne se rappelait*.
c. Ébauche : moments *attendus dans la fièvre*.
d. Var. : jamais *résolus*.
e. *L'année d'après* : ajout interlinéaire.
f. Ébauche : lui, *et ce fut lui qui lui conseilla*.

1. *Correspondance*, t. XXI, p. 629.
2. *Ibid.*, t. XX, p. 96.

TABLE DES ILLUSTRATIONS

LE MYSTÉRIEUX CORRESPONDANT

ET AUTRES NOUVELLES RETROUVÉES

ANNEXES

DOSSIER

DU MÊME AUTEUR

Dans la même collection

À LA RECHERCHE DU TEMPS PERDU. *Édition établie sous la direction de Jean-Yves Tadié.*

I. DU CÔTÉ DE CHEZ SWANN : *Édition d'Antoine Compagnon.*

II. À L'OMBRE DES JEUNES FILLES EN FLEURS. *Édition de Pierre-Louis Rey.*

III. LE CÔTÉ DE GUERMANTES. *Édition de Thierry Laget et Brian G. Rogers.*

IV. SODOME ET GOMORRHE. *Édition d'Antoine Compagnon.*

V. LA PRISONNIÈRE. *Édition de Pierre-Edmond Robert.*

VI. ALBERTINE DISPARUE (LA FUGITIVE). *Édition d'Anne Chevalier.*

VII. LE TEMPS RETROUVÉ. *Édition de Pierre-Louis Rey, Pierre-Edmond Robert et Jacques Robichez, avec la collaboration de Brian G. Rogers.*

LES PLAISIRS ET LES JOURS. *Édition de Thierry Laget.*

UN AMOUR DE SWANN. *Édition nouvelle, présentée et établie par Jean-Yves Tadié.*

COLLECTION
FOLIO CLASSIQUE

Dernières parutions

6424 Virginia Woolf : *Rêves de femmes. Six nouvelles*. Précédé de l'essai de Woolf « Les femmes et le roman » traduit par Catherine Bernard. Traduction de l'anglais et édition de Michèle Rivoire.

6425 Charles Dickens : *Bleak House*. Traduction de l'anglais et édition de Sylvère Monod. Préface d'Aurélien Bellanger.

6439 Marcel Proust : *Un amour de Swann*. Édition de Jean-Yves Tadié.

6440 Stefan Zweig : *Lettre d'une inconnue*. Traduction de l'allemand de Mathilde Lefebvre. Édition de Jean-Pierre Lefebvre.

6472 Jaroslav Hašek : *Les Aventures du brave soldat Švejk pendant la Grande Guerre*. Traduction du tchèque de Benoit Meunier. Édition de Jean Boutan.

6510 Virginia Woolf : *Orlando*. Traduction de l'anglais et édition de Jacques Aubert.

6556 Denis Diderot : *Histoire de Mme de La Pommeraye* précédé de *Sur les femmes*. Édition d'Yvon Belaval.

6533 Anthony Trollope : *Le Directeur*. Traduction de l'anglais de Richard Crevier, révisée par Isabelle Gadoin. Édition d'Isabelle Gadoin.

6547 René Descartes : *Correspondance avec Élisabeth de Bohême et Christine de Suède*. Édition de Jean-Robert Armogathe.

6584 Mikhaïl Boulgakov : *Le Maître et Marguerite*. Traduction du russe et édition de Françoise Flamant.

6585 Georges Bernanos : *Sous le soleil de Satan*. Édition de Pierre Gille. Préface de Michel Crépu.

6586 Stefan Zweig : *Nouvelle du jeu d'échecs*. Traduction de l'allemand de Bernard Lortholary. Édition de Jean-Pierre Lefebvre.

6587 Fédor Dostoïevski : *Le Joueur*. Traduction du russe de Sylvie Luneau. Préface de Dominique Fernandez.

6747 JULES VERNE : *Cinq semaines en ballon*. Édition de William Butcher. Illustrations de Montaut et Riou.

6748 HENRY JAMES : *La Princesse Casamassima*. Traduction de François-René Daillie, révisée par Annick Duperray. Édition d'Annick Duperray.

6764 VIRGINIA WOOLF : *Un lieu à soi*. Traduction de l'anglais et préface de Marie Darrieussecq. Édition de Christine Reynier.

6780 COLLECTIF : *Notre-Dame des écrivains. Raconter et rêver la cathédrale du Moyen Âge à demain*. Préface de Michel Crépu.

6795 FAMILLE BRONTË : *Lettres choisies*. Préface de Laura El Makki. Traduction de l'anglais et édition de Constance Lacroix.

6797 GUY DE MAUPASSANT : *Les Dimanches d'un bourgeois de Paris et autres nouvelles*. Édition de Catherine Botterel.

6818 GOETHE : *Les Années de voyage de Wilhelm Meister*. Traduction de l'allemand de Blaise Briod, revue et complétée par Marc de Launay. Édition de Marc de Launay.

6820 MIGUEL DE UNAMUNO : *Contes*. Traduction de l'espagnol de Raymond Lantier, revue par Albert Bensoussan. Édition d'Albert Bensoussan.

6832 FRANÇOIS VILLON : *Œuvres complètes*. Traduction de l'ancien français et édition de Jacqueline Cerquiglini-Toulet. Édition bilingue.

1151 E.T.A. HOFFMAN : *Le Magnétiseur et autres contes*. Traduction de l'allemand d'Olivier Bournac, Henri Egmont, André Espiau de La Maëstre, Alzir Hella et Madeleine Laval. Édition d'Albert Béguin. Préface de Claude Roy.

1024 HONORÉ DE BALZAC : *La Vieille Fille*. Édition de Robert Kopp. Nouvelle mise en page.

6866 AUGUSTE DE VILLIERS DE L'ISLE-ADAM : *Histoires insolites*. Édition de Jacques Noiray.

6864 COLLECTIF : *Anthologie de la littérature grecque. De Troie à Byzance.* VIIIe *siècle avant J.-C. -* XVe *siècle après J.-C*. Traduction nouvelle du grec ancien d'Emmanuèle Blanc. Édition de Laurence Plazenet.

6831 ALEXANDRE DUMAS : *Le Comte de Monte Cristo*. Édition de Gilbert Sigaux. Préface de Jean-Yves Tadié. Nouvelle édition en un volume, série « XL ».

1437 ÉMILE ZOLA : *L'Œuvre*. Édition d'Henri Mitterand. Préface de Bruno Foucart. Nouvelle mise en page.

6855 ALEXANDRE DUMAS : *Les Compagnons de Jéhu*. Édition d'Anne-Marie Callet-Bianco.

6891 GEORGE ORWELL : *Mil neuf cent quatre-vingt-quatre*. Édition et traduction nouvelle de l'anglais de Philippe Jaworski.

6892 JACQUES CASANOVA : *Histoire de ma vie*. Édition de Michel Delon.

2658 MARCEL PROUST : *Le Côté de Guermantes*. Édition de Thierry Laget et Brian G. Rogers. Nouvelle mise en page.

693 JEAN DE LA BRUYÈRE : *Les Caractères*. Préface de Pascal Quignard. Édition d'Antoine Adam.

728 FRANÇOIS DE LA ROCHEFOUCAULT : *Maximes et Réflexions diverses*. Édition de Jean Lafond. Deuxième édition revue et corrigée.

1356 SÉBASTIEN-ROCH-NICOLAS CHAMFORT : *Maximes et pensées. Caractères et anecdotes.* Préface d'Albert Camus. Édition de Geneviève Renaux.

6817 GEORGE ELIOT : *Felix Holt, le radical*. Préface de Mona Ozouf. Traduction inédite de l'anglais et édition d'Alain Jumeau.

6920 COLLECTIF : *La Commune des écrivains. Paris, 1871 : vivre et écrire l'insurrection*. Textes choisis et présentés par Alice de Charentenay et Jordi Brahamcha-Marin.

Composition Nord Compo
Impression Novoprint
à Barcelone, le 16 mars 2021.
Dépôt légal : mars 2021

ISBN 978-2-07-289601-9. / Imprimé en Espagne.

366563